KB189482

미안해하지
말자

미안해하지 말자

발행일   2025년 5월 23일

지은이   최선혜
펴낸이   손형국
펴낸곳   (주)북랩
편집인   선일영   편집   김현아, 배진용, 김다빈, 김부경
디자인   이현수, 김민하, 임진형, 안유경, 신혜림   제작   박기성, 구성우, 이창영, 배상진
마케팅   김회란, 박진관
출판등록 2004. 12. 1(제2012-000051호.)
주소   서울특별시 금천구 가산디지털 1로 168, 우림라이온스밸리 B동 B111호, B113~115호
홈페이지   www.book.co.kr
전화번호   (02)2026-5777   팩스   (02)3159-9637

ISBN   979-11-7224-642-6 03810(종이책)   979-11-7224-643-3 05810 (전자책)

(주)북랩 성공출판의 파트너
북랩 홈페이지와 패밀리 사이트에서 다양한 출판 솔루션을 만나 보세요!
홈페이지 book.co.kr   •   **블로그** blog.naver.com/essaybook   •   **출판문의** text@book.co.kr

작가 연락처 문의 ▸ ask.book.co.kr
작가 연락처는 개인정보이므로 북랩에서 알려드릴 수 없습니다.

오월, 그날 이후

최선혜 장편 소설

미안해하지 말자

북랩

프롤로그

아버지는 그곳을 '뒷방'이라 불렀고, 엄마는 '서재'라고 했다. 서우에게는 '아버지 방'이었다. 그 방은 고독한 이야기와 비밀로 가득한 아버지의 세계였다. 서우는 그 공간의 냄새를 사랑했다. 빼곡히 꽂힌 책들이 내뿜는 고요한 냄새, 가운데가 움푹 파인 아버지의 안락의자에서 배어 나오는 오래된 온기, 무심히 걸쳐진 옷자락의 익숙한 내음은 마음을 편안하게 해 주었다. 문을 열어 놓으면 사방으로 난 작은 창들이 바람과 함께 속삭이며 그윽한 공기의 물결을 일으켰다.

봄이면 깨어난 땅에서 올라오는 촉촉한 흙냄새가 창문 틈으로 스며들었다. 겨울이면 주물 난로 위 주전자가 뿜어 대는 수증기가 방 안을 포근히 감쌌다. 어느 계절이든 아버지가 문을 열고 들어올 때마다 옷자락에 실려 오는 바깥바람의 생생한 냄새까지, 그 모든 냄새와 장면은 서우의 기억에 고이 간직되었다. 대학 입학과 함께 객지 생활을 시작한 서우는 고향을 떠올릴 때면 언제나 그 방의 냄새와 빛, 은은하게 스며 있는 아버지의 숨결을 먼저 기억했다.

서우는 아버지가 있든 없든 그 방을 쥐가 풀 방구리를 드나들듯 수시로 오갔다. 세로로 꽂히고 가로로 얹힌 책들이 도시의 밀집된 아파트처럼 빽빽했지만, 가까이 들여다보면 저마다 다른 빛깔과 글씨체로 세상을 향해 목소리를 냈다. 서우는 그 책들이 내는 목소리에 압도될 때도, 위로받을 때도 있었지만, 그 모든 시간은 서우의 영혼을 키워 내는 거름이 되었다. 책장 앞에는 작은 조각상과 기념패 같은 소소한 물건들이 놓여 있어 자칫 떨어뜨리기라도 할까 조심해야 했다. 그 소박한 물건들은 아버지가 살아온 시간의 파편들이었다. 서우는 가끔 그것들을 통해 자신이 태어나기 전 아버지의 삶을 상상하곤 했다.

서우가 가장 사랑한 책은 사진집과 화집이었다. 작가들이야 알 수 없었지만, 화려한 제목과 표지에 이끌려 책을 펼치면 세상을 다르게 보는 눈과 영원으로 남은 순간들이 서우에게 말을 걸어 왔다. 바닥에는 아버지가 찍은 사진들이 액자에 담겨 빽빽하게 겹쳐 세워져 있었다. 서우는 쪼그려 앉아 비밀의 문을 여는 듯 손가락으로 틈을 벌리며, 다리가 저릴 때까지 아버지의 작품을 들여다보곤 했다. 그럴 때마다 아버지의 시선을 통해 세상을 발견하는 비밀스러운 친밀감에 사로잡혔다.

아버지의 책상은 모든 무질서를 끌어안은 작은 우주였다. 비딱하게 놓인 컴퓨터 자판 주위로 반쯤 비워진 컵들, 뒤섞인 메모지, 제멋대로 놓인 필기도구들이 손바닥 하나 들어갈 틈도 없이 어지럽게 흩어져 있었다. 책상 앞 벽 선반에는 아버지의 손때 묻은 세 대의 카메라와 대포 같은 렌즈들이 놓여 있었다. 그것들은 아버지의 숨결이 담긴 성물 같아 손자국을 남길 수 없었다.

서우는 아버지가 사진관에서 돌아오는 날이면 뒤따라 달려가 사진이 담긴 종이 상자를 열었다. 온기가 남은 사진들을 한 장 한 장 넘기며 아버지가 포착한 세상과 마주했다. 함께 다녀온 곳이라도 사진 속 풍경은 서우의 기억과 달랐다. 같은 별을 다른 시간에 바라보는 것처럼 낯설면서도 익숙했다. 사진 속 세상은 아버지만의 언어였다.

오후 수업을 마치고 가파른 언덕길을 올라 자취방에 도착했을 때, 우편함에 두툼한 노란 봉투가 있었다. '김서우 귀하'. 익숙한 아버지의 필체였다. 봉투 안에는 얼마 전 출간된 아버지의 사진 시집이 들어 있었다. 200쪽 분량의 '비매품'이라 쓰여 있었다. 돈을 받고 팔 수 없다는 아버지의 뜻일 테다. 표지에는 아버지와 서우가 참 많이 헤집고 다녔던 섬진강 강변이 펼쳐져 있었다. 책 제목은 『돌멩이』였다. 조약돌이나 바윗돌도 아닌, 심지어 묵직한 돌덩이도 아닌, 그저 돌멩이였다.

책 마지막에는 몇 줄의 인사말과 함께 아버지가 '겁석(怯石) 김중기'라는 이름을 남겨 두었다. '겁쟁이 돌' 혹은 '비겁한 돌', 그것이 아버지가 세상에 남긴 이름이었다. 서우는 볼펜을 꺼내 아버지 이름 아래 또박또박 그리고 진하게 한 줄을 적었다.

"돌은 우주이며 태초의 불덩어리다."

차례

겁석 김중기 --

모퉁이 돌, 박해인

빛과 바람 사이의 중기

그들이 오고, 해인은 피었다

마주 앉은 시간, 어루만진 상처

겁석 김중기

●

늦둥이 막내 중기

부엌문 앞마당에 놓인 커다란 들통에서 김이 무성하게 솟아올랐다. 큰누나의 손길이 분주하게 오리탕을 휘저었다. 갓 고른 재료로 끓어오르는 냄새가 담장을 넘어 동네까지 퍼졌다. 수돗가에서 푸성귀를 씻던 어머니가 고개를 돌리며 지붕이 떠나가게 소리쳤다.

"쇠젓가락으로 찍어 먹지도 말고 중기만 줘라!"

대찬 어머니의 목소리에는 늦둥이 막내에게 집중된 사랑이 고스란히 담겨 있었다. 큰누나는 '엄마 또 그러시네' 하는 표정으로 피식 웃고 말았다. 기다란 나무 주걱으로 들통 안을 휘휘 저으며, 어머니 들으란 듯 중기를 향해 말했다.

"중기야. 이 오리탕 너만 먹어야 한다. 알았지! 누나나 형은 젓가락도 안 댈 거다."

중기는 건넌방에 드러누워 만화책을 뒤적였다. 바람이 느

지막이 불어오더니, 끓는 오리탕 냄새가 따라왔다. 배가 고
픈 건 아닌데, 그 냄새에 어쩐지 허기가 돌았다.

중기는 맏형 정기와는 16년, 큰누나와는 13년, 바로 윗 누
나와도 9년 터울이 났다. 그는 큰 기와집 막내아들로 태어
나, 늦둥이에게 쏟아지는 어머니의 지극한 사랑 속에 자랐
다. 친척들이 입에 굳은 맏아들 이름인 '정기 엄마'를 '중기 엄
마'로 바꿔 부를 지경이었다. 맏형과 누나들은 어머니와 늦
둥이 막냇동생을 돌보러 자주 찾아왔다. 아버지가 일찍 세
상을 떠났지만, 가족들의 집중된 사랑을 받으며 중기의 어린
시절은 따뜻하고 풍성했다.

계림동의 큰 도로 옆에 자리한 일곱 개의 방을 가진 한옥
은 한때 여섯 식구가 북적이던 보금자리였다. 금박으로 장
식된 용과 쇠창살이 박힌 철문, 작은 곁문이 있는 중기 집
은 동네에서 눈에 띄게 큰 집이었다. 대문을 들어서면 마당
을 중심으로 오른편에 방들이 늘어서 있고, 왼편에는 은행
나무, 오동나무, 감나무, 목련나무가 담장을 따라 서 있었다.
어머니가 특별히 가꾸지는 않았지만, 나무 밑동마다 작은 꽃
들이 자라 자연의 리듬을 품은 정원을 이루었다. 가을이 오

면, 언제 씨가 뿌려졌는지 모를 국화가 화단을 따라 줄지어 피어났다.

대문 가까이에는 툇마루가 딸린 문간방 네 칸이 마주 보고 있었고, 그 안쪽으로 긴 툇마루에 이어진 큰방 세 개가 자리했다. 집 가장 깊숙한 곳, 서쪽 벽에는 부엌과 수돗가가 있었다. 수돗가 옆에는 사용하지 않은 펌프가 세월의 이끼를 품은 채 서 있었다.

마당은 중기의 세상이었다. 친구들과 뛰놀고, 대문 앞을 지나는 동네 아이들에게 으스대며 큰소리를 질렀다. 마당 가득 소란을 피워도 어머니는 웃으며 지켜보기만 했다. 안채 뒤편으로 돌아가면 커다란 광이 있었다. 중기가 들어앉기 전까지 그곳은 짐을 쌓아 두는 광에 불과했다.

중기의 라임 오렌지 나무

중기가 초등학교 다니던 시절, 큰형과 두 누나는 모두 결혼해 집을 떠나 제 살림을 꾸렸다. 맏이와 누이들이 가끔 도움을 주긴 했지만, 실질적인 가장 없는 집의 생계를 지탱해 준 자산은 오롯이 그 집 한 채였다. 어머니와 중기는 각자 방 하나를 쓰고, 문간방 네 칸과 건넌방 하나를 전세나 월세로 내어 주며 살아갔다. 어머니는 그 세를 받아 소박하지만 안정된 삶을 꾸려 나갔다.

집 안에서 담을 따라 길게 자리한 마당의 화단은 중기에게 또 다른 세계였다. 나뭇잎을 손바닥에 올리면, 맥락을 따라 맺힌 작은 이슬방울이 차갑게 손바닥을 적셨다. 촉촉한 흙을 가만히 쥐고 비비면 마른 흙냄새에서도 생명의 기운이 느껴졌다. 나무 둥치를 타오르고, 거친 나무껍질을 손가락으로 쓰다듬으며 마음으로 나무와 이야기를 주고받았다.

『나의 라임 오렌지 나무』의 주인공 제제가 오렌지 나무 밍기뉴와 대화를 나누듯, 중기도 화단의 나무를 친구 삼아 자신만의 세계를 키워 갔다.

특히 마당 한편의 오래된 감나무는 중기에게 특별했다. 그는 감나무를 '감감이 할배'라고 부르며 마음속 이야기를 쏟아 냈다. 바람이 불면 나뭇잎은 서로 속살대듯 소리를 냈고, 중기는 그 속삭임에 대답하듯 가볍게 고개를 끄덕였다. 감나무 껍질을 타고 오르노라면 거친 나뭇결이 손바닥을 따끔하게 긁었다. 그 따끔거림조차 중기는 나무가 내미는 손길로 여겨졌다. 『잭과 콩나무』처럼, 나무의 껍질을 타고 끝까지 오르면 감나무가 하늘 문을 열어 줄 것 같았다. 아버지와 형제 없이 자란 중기는 화단의 나무와 꽃, 흙까지 쓰다듬으며 비밀스러운 대화와 상상의 세계를 키워 갔다.

열린 대문, 젖은 손

　중기가 중학교에 갈 무렵, 어머니는 집을 하숙집으로 바꿨다. 어머니는 그전부터 문간방에 업소의 아가씨들이 사글세로 드나드는 것을 언짢아했다. 그런 행색이 자라나는 중기에게 나쁜 영향을 미칠까 염려했다. 늘어나는 중기의 교육비도 무시할 수 없었다. 급기야 어머니는 방을 모두 하숙으로 돌렸다. 식사 준비와 허드렛일을 도와줄 이웃 아주머니도 들였다. 오래전부터 남편이 중풍으로 누워 있어 시장 식당에서 일하던 아주머니였다. 자식들의 반대에도 어머니의 결심은 확고했다. "한 살이라도 젊었을 때 중기를 위해 돈을 벌어 둬야 한다."는 다짐이 그 마음에 있었다.
　중기는 초등학생이었지만, 집안에 일어난 변화를 눈으로 먼저 느꼈다. 어머니는 젖은 앞치마를 허리에 질끈 동여매고, 옷소매를 둘둘 걷어 올린 채 이웃 아주머니와 하숙집 살림을 의논했다.

"김치 담을 항아리는 뒷마당 걸로 쓰면 되겠지?"

"빨래를 너무 많이 넣었나? 세탁기가 돌아가긴 해?"

중기는 어머니의 그런 말을 들을 때마다 마음 한쪽이 슬며시 짓눌렸다. 발소리를 죽이며 방으로 들어가 책상 앞에 앉았다. 하지만 부엌 쪽에서 들려오는 그릇 부딪히는 소리, 수돗가에서 물 흘러넘치는 소리가 종일 귓가를 맴돌았다. 수업 시간이든, 시험지를 받는 순간이든, 숙제를 하는 중이든, 중기는 늘 어머니의 젖은 손이 떠올랐다. 항상 물에 젖어 있어 거칠고 부르튼 어머니의 손을 볼 때마다 마음이 움츠러들었다. 어서 어른이 되어 어머니의 그 물기 어린 손을 쉬게 해 드리고 싶은 마음뿐이었다.

중기의 집 근처에는 대학이 두 개나 있었다. 대문과 버스 정류장 전신주에 하숙생 모집 공고를 붙이자, 하숙생들이 속속 방을 채워 갔다. 어머니는 중기를 생각해 남학생만 받았다. 영암에서 올라온 한 학생은 농군 아버지와 함께 쌀과 콩을 몇 개의 보따리에 담아 가져왔다. 하숙비 대신 내민 곡식을 어머니는 고맙다며 선뜻 받았다. 왜소한 체격에 얼굴이 검게 그을린 농군 아버지는 아들을 잘 부탁드린다는 말만 되풀이하다 돌아섰다. 대문을 조용히 닫으며, 어머니는 낮은 목소리로 말했다.

"저 양반도 자식 뒷바라지하느라 고생이 많다."

어머니는 눈가를 슬쩍 훔쳤다. 농군 아버지의 고단함과 어머니의 따스함이 중기의 가슴속에 스며들었다.

남자 대학생들이 수시로 대문을 드나들며 집안을 오가니, 적막하던 집은 순식간에 시끌벅적해졌다. 한 방에 둘씩 지내면서 열 명이 넘는 대식구가 모였다. 하숙생들이 친구를 데려와도 어머니는 미간 한번 찌푸리지 않고, 밥상에 숟가락을 하나 더 놓았다. 끼니를 놓친 이들이 부엌을 기웃하면, 어머니는 빠르게 손을 놀려 뜨끈한 밥과 찬을 내어놓았다.

"밥을 든든히 먹어야 공부도 하지. 어여 먹어."

하숙생들은 머쓱한 얼굴로 "예, 어머니, 고맙습니다." 하고 답했다. 어머니는 늦은 나이에 젊은 대학생들과 함께 지내니, 몸은 힘들어도 외롭지 않다며 웃어넘겼다. 늦둥이로 외로이 자라는 중기에게도 좋은 일이라고 여겼다.

미안하지 않은 하루를 위해

맏이와 딸들은 예순을 바라보는 어머니가 걱정스러웠다. 대문을 들어선 정기의 시선이 수돗가에 멈췄다. 어머니는 몸을 뒤로 젖히며 주먹 쥔 손으로 허리를 두드리다가, 다시 어깨를 주무르고 있었다.

"아이고, 어머니, 그러니까 왜 하숙을 쳐서 사서 고생을 하세요. 하숙으로 벌어야 얼마나 더 번다고."

정기는 한숨 섞인 목소리로 말하며 흰 봉투를 어머니 손에 쥐어 주었다. 곰탕 재료와 조기 한 두름을 이고 온 딸들도 부엌에 짐을 내려놓으며 저마다 목소리를 보탰다.

"삭월세나 전세를 두면 될 텐데, 뭐 하러 번잡스럽게 하숙을 쳐요? 중기하고 편히 사셔요."

"이제 그만 쉬세요, 어머니. 어디 아프기라도 하면 어쩌려고 그러세요?"

걱정 어린 말들이 쏟아졌지만, 어머니는 무언가 말을 하려다 입을 다물었다. 세를 놓아 모아 둔 자금이 있었지만, 자식이 건네는 돈을 받을 때마다 겸연쩍었고, 자식 돈에 기대는 것 같아 자존심이 상했다. 그녀는 자신의 힘으로 조금이라도 돈을 벌어 작은 보람을 느끼고 싶었다. 누구에게도 미안한 마음 없이 하루하루를 살고 싶었다.

자식들의 걱정이 이어질 때마다 중기 어머니의 대답은 한결같았다.

"나이 들었다고 가만히 앉아 있으면 하루가 너무 길다. 살살 움직이면 돼. 집이 북적북적하니 사람 사는 것 같고, 드나드는 학생들 보면 다 이쁘고 좋아. 한 살이라도 젊을 때 일 해야지."

무심한 듯 털털한 말투였지만, 그 안에는 더 이상 걱정을 듣고 싶지 않은 단호함이 깃들어 있었다. 괜한 위로가 어머니를 더 불편하게 만들까 싶어, 결국 누구도 말을 잇지 않았다. 정기와 딸들은 눈빛을 주고받으며 어머니의 뜻을 더 이상 되묻지 않았다. 그 옆에서 중기는 대화에 끼지 못한 채 작은 손을 쥐었다 폈다 하며 어쩔 줄 몰라 했다. 어머니가 편했으면 하는 바람과 걱정되는 감정이 가슴속에 얽혀 어지러웠다. 무심한 햇살만이 마당 가득 퍼졌다.

툇마루에 새긴 다짐

중기 어머니는 몸은 더 힘들어졌지만, 하숙집을 꾸려 가는 일상이 만족스러웠다. 집이라도 크게 지어 남겨 주고 간 영감이 고마웠다. 이 집이 있어 스스로 생계를 꾸릴 수 있었고, 자식들에게 손 벌리지 않고 당당할 수 있어 다행이라 여겼다. 집 안에 사람들이 오가고, 함께 모여 밥을 먹는 생활도 마음에 들었다. 막둥이 중기와 도우미 아주머니가 늘 가까이 있으니 허전했던 마음이 소소한 정으로 채워졌다. 아주머니와 나누는 평범한 이야기는 외로운 마음을 살며시 감싸 주는 따스한 담요 같았다. 어머니는 홀로 중기를 반듯하게 키워 내어, 저 하늘에서 지켜볼 남편에게 떳떳하고 싶었다. 그러면서도 가끔은 실체 없는 서러움이 가늘고 복잡한 실타래처럼 가슴 한편에 얽혀 들곤 했다.

어머니는 대문 밖 나들이가 드물었지만, 시장에 가는 날만은 발걸음이 가벼웠다. 커다란 장바구니를 챙겨 들고 대문을 나설 때면 어머니의 어깨에는 활기가 올라왔다. 10여 분 거리에 있는 대인시장 골목을 지나고, 가끔 손끝이 저릴 때는 품에 감추고 양동시장까지 버스를 탔다. 좌판에 수북이 쌓인 건어물의 고릿한 냄새가 코끝에 감돌고, 초록색 천막 아래 깔린 시끌벅적한 소리를 들으며, 손이 가는 대로 물건을 고르고, 꼬깃꼬깃 돈을 꺼내 건넬 때면 왠지 모를 뿌듯함이 가슴 한쪽에 찰랑거렸다. 어느새 불룩해진 장바구니를 조심조심 바닥에 내려놓고, 굽은 손가락을 주무르며 숨을 돌렸다. 바람이 손등을 스치고 지나가면 나들이를 마친 사람처럼 즐거웠다. 다만 허리를 펼 때마다 밀려오는 묵직한 통증은 삶이 그녀의 등에 얹어 준 무게를 일깨워 주었다.

버스를 타기 전, 어머니는 시장 옆 천변에 놓인 의자에 앉아 잠시 눈을 감았다. 시장은 떠들썩했지만, 그 소란 사이사이로 스며드는 쓸쓸함을 알아줄 사람은 없었다. 어머니는 대찬 성격으로 흔들림 없이 결정을 내리고, 스스로 부딪히며 길을 열어 갔다. 어머니는 그렇게 누구에게도 쉬이 기대지 않는 사람이었다. 그것이 삶을 버티는 그녀의 방식이었다. 하지만 단단한 껍질 아래에는 말로 드러내지 못한 쓸쓸함이 숨 쉬고 있었다.

'이렇게라도 살아갈 수 있으니 얼마나 다행이야. 그래야 우리 중기를 끝까지 지켜볼 수 있지. 그 애가 지 몫을 할 때까지는 내가 버텨야 해.'

어머니는 입술을 한번 꽉 물고, 손바닥을 비비며 다시 장바구니 끈을 움켜쥐고 일어섰다. 그녀의 어깨가 다시 단단하게 펴졌다. 살아가는 건 매일 작게 넘어지는 일이었고, 그럼에도 다시 일어나는 일이었다.

장바구니를 바리바리 들고 집으로 들어서니, 툇마루에 중기가 앉아 있었다.

"하이고, 무거운 거 들고 왔더니 엄마 손가락이 로보트 손가락처럼 굳어 안 펴진다."

어머니는 중기가 미안해할까 봐 일부러 슬쩍 웃어넘기며 말했다. 툇마루에 오도카니 앉아 동전을 굴리며 놀던 중기는 잠시 고개를 숙였다. 은빛 동전 하나가 마루 틈 사이로 스르르 빠져들어 버렸지만, 그는 아무 말도 하지 않았다. 시장에서 자기를 위한 군것질거리라도 사 왔나 뒤져 보던 어린

시절은 지났다. 힘겹게 장을 보고 돌아온 어머니의 모습에
마음이 눌렸다.

'얼른 자라서 내 손으로 어머니를 편히 쉬게 해 드려야 해.'

중기는 마음속으로 다짐했다. 그러나 그때는 몰랐다. 그
다짐이 언젠가 그에게 깊은 좌절로 지어질 것임을.

소란과 쓸쓸함 사이

어머니는 부엌의 기다란 나무 식탁에 중기와 대학생 형들을 함께 앉혔다. 아침 7시면 형들은 까치집 머리를 하고, 게슴츠레한 눈으로 달려 나왔다. 벌컥 열린 방문마다 발소리가 터지고, 슬리퍼 끄는 소리가 부엌을 가로질렀다. 늦으면 반찬이 사라져 맨밥에 김치만 얹어 먹어야 했기 때문이었다.

"야, 여기 내 고기 조각 그새 누가 집어 갔어?"

"먼저 먹는 사람이 임자야!"

수저 부딪히는 소리와 장난스러운 대화가 식탁 위에 엉겨붙었다. 형들은 아침부터 밥을 두세 공기씩 먹었다. 어머니는 인심이 후해 밥을 마음껏 퍼다 먹게 했고, 만든 반찬은 아낌없이 내놓았다. 빨랫줄에 걸린 수십 켤레 양말 가운데 구멍 난 것은 꿰매 주고, 바짓단이나 솔기가 터졌으면 재봉틀로 들들 수선해 주었다. 형들이 대문을 나설 때면 어머니는 찬바람 속에서도 목청을 높여 말했다.

"공부 잘하고들 와~"

그 모든 장면은 중기의 눈에 어머니의 사랑이 담긴 살아 있는 사진첩으로 남았다. 소란스럽지만 따뜻한 색깔이었다.

외동처럼 자란 중기는 감성이 섬세하고 감각이 예민했다. 방에 앉아서도 저녁상에 오를 반찬들을 코로 미리 알아냈다. 입이 짧아 밥도 조금 먹었으며, 싫어하는 음식도 많았다. 반찬이 없을 때, 굵은 멸치를 넣고 김치로 국을 끓이면 질색하고 먹지 않아 어머니께 한 소리 듣기도 했다. 밤과 아침이 뒤섞여 수시로 졸린 나이에도 중기는 얕은 잠에 시달렸다. 한밤중에도 천장 안쪽에서 쥐들이 달리기 대회를 여는 '우다다다' 소리에 잠이 깼다며 징징댔다. 중기에게 일찌감치 방 하나를 따로 내어 준 까닭도 엄마가 내는 코골이 소리나 잠꼬대에 잠을 방해받았다고 투덜댔기 때문이었다.

하숙집이 되면서 집 안의 분위기가 달라졌고, 그 변화는 중기에게도 번져 갔다. 혼자만의 고요함에 익숙했던 중기는 처음엔 낯선 발소리와 웃음소리에 움츠러들었지만, 어느새 하숙생 형들과 어울리는 재미에 빠져들었다. 까다롭던 그의 입맛도 점차 무던해졌다. 형들이 허겁지겁 밥그릇을 비우는 모양새를 보며 자신도 모르게 더 많이 먹었고, 질색하던 김 칫국도 '맛있다'며 숟가락을 들었다. 밤이면 형들이 내는 여러 소리가 집 안을 채워 줘 소리에 놀라 깨는 일도 자연스레 줄었다.

식탁 구석이나 마당의 나무 아래를 서성이면 형들은 곧잘 장난을 걸었다.

"야, 너 공부 잘해야 형들처럼 콧수염 난다."

"너 중학생이니까 공부는 중간만 하면 돼. 지금은 그냥 막 놀아라."

어깨를 툭 치거나 머리통을 가볍게 헝클어뜨리는 손길이 이어졌다. 어떤 형들은 빈 소주병을 들고 와 "한 입 마시면 공부가 술술 더 잘된다."며 중기의 눈앞에서 흔들어 댔다. 형들은 가끔 중기의 손에 한 번도 맛보지 못했던 과자를 쥐어 주었고, 담배를 '구름과자'라며 건네려는 흉내를 내기도 했다.

중기는 그럴 때마다 가짜로 인상 한번 쓰고는 빙긋 웃었다. 그런 말을 던지는 하숙생 형들이 나이 차이가 커서 어렵기만 한 맏형보다 친근하고 편했다. 중기는 형들이 친척이라도 되는 양 허물없이 지냈다. 형들의 방문 앞을 어슬렁거리다 비스듬히 열린 틈새로 새어 나온 라면 냄새에 군침을 삼켰고, 서너 명이 터뜨리는 웃음소리를 따라 웃었다. 사람들로 북적이는 집안의 생동감이 중기의 내면에 활기를 불어넣었다.

대문 옆 방에 사는 긴 머리의 형은 저녁마다 기타를 퉁기며 부드러운 선율을 흘렸다. 중기가 TV에서 들은 적 있는 노래를 낮은 목소리로 흥얼거리기도 했다. 어스름이 내리는 시간, 감나무 곁에서 그 소리를 듣노라면, 사춘기 중기의 마음에는 막연한 쓸쓸함과 설렘이 눈처럼 살살 내려앉았다. 그의 가슴속에는 이름 붙일 수 없는 감정들이 몽글몽글 피어났다. 형의 노래를 들으며 혼자 있고 싶으면서도, 누군가와 이 감정을 나누고 싶은 이상한 마음이 들었다.

중기는 대학생 형들과 한 울타리 안에서 서로 부대끼며 살아가는 정을 배웠다. 고향 부모가 챙겨 준 쌀과 콩, 말린 생선을 들고 어색하게 중기네 마당에 들어섰던 형들은 중기의 성장기에 몇 해를 함께 했다. 그러나 중기는 정든 이와의 이별도 배웠다. 저녁 무렵의 쓸쓸함을 가르쳐 준 기타 치는 형이 군대에 간다고 하숙집을 떠났다. 졸업철이면 몇 년을 함께 살던 형들도 하나둘 떠나갔다.

　사춘기의 중기는 누군가에게 마음을 주는 일이 자기 가슴에 슬픔의 씨앗을 심는 것임을 배웠다. 하지만 그 슬픔 속에서도 중기는 한 뼘씩 자라고 있었다. 밤이면 부엌에서 설거지하는 어머니의 뒷모습을 바라보며 중기는 문득 깨달았다. 어머니는 청천벽력 같은 아버지의 죽음을 겪고도 변함없이 따뜻한 밥상을 차려 왔다는 것을. 그 단단한 뒷모습에서 중기는 사랑하는 법과 보내는 법, 슬픔을 껴안고 살아가는 법을 배워 가고 있었다.

세상을 향해 뜬 눈

어머니는 부엌 식탁에 늘 일간신문을 놓아두었다. 학생들을 위해 중앙일간지 두 개와 지방지 하나를 구독했다. 형들은 신문을 본 뒤에는 다시 각 페이지를 순서대로 정리해 접어 두었다. 어머니는 중기에 대한 교육도 놓치지 않았다.

"중기야, 이제 고등학생이니 딴 건 몰라도 사설은 읽어라. 너희 아버지도 평생 신문을 가까이했다."

어머니 말이 아니어도 형들이 하는 행동을 모두 따라 하고 싶던 중기는 신문 또한 흉내의 대상이었다. 흐릿하게 남은 잉크 냄새를 맡으며 신문을 풀썩거리며 펼쳐 보면 자신도 대학생 형들과 나란해지는 기분이었다. 그의 관심은 만화와 광고였다. 재치 넘치는 네칸만화와 세상의 모든 것을 전하는 듯한 다채로운 광고에 눈길이 머물렀다. 어머니가 읽으라는 한자가 뒤섞인 사설은 한 줄도 읽어 내기 어려운 유교

경전처럼 느껴졌다.

고등학교 진학을 앞둔 겨울 방학, 중기의 눈이 둥그렇게 떠지는 일이 일어났다. 식탁 위에 놓인 중앙일간지를 들춰 본 순간, 신문에 광고가 하나도 없었다. 광고가 있던 자리마다 크고 작은 사각형이 그려 있을 뿐, 거의 백지나 다름없었다. 사각형 안에는 짤막한 문구와 이름, 단체명이 적혀 있었다. 형들은 식탁에 앉아 신문을 휘적거리며 서로 눈길을 피하고 한숨만 내쉬었다. 한마디 대화도 없이 침통한 표정으로 밥만 우걱우걱 삼켰다. 호기심과 긴장감이 뒤섞인 채, 중기는 사각형 안의 글귀들을 꼼꼼히 읽었다. '이겨라', '필승', '언론의 자유를 수호하자'는 문장들은 그에게 세상의 다른 면을 보여 주었다. 그 며칠 동안 식탁의 밥상머리는 늘 말없이 무거웠고, 중기의 눈과 귀는 세상의 복잡한 현실을 향해 열리고 있었다. 그동안 알지 못했던 모순 가득한 세계를 마주하며 중기의 내면은 처음 느껴보는 혼란스러운 감정으로 일렁였다.

그 뒤부터 중기는 신문의 사설을 천천히, 한 줄 한 줄 읽기 시작했다. 자기도 모르는 사이 중기의 의식에는 세상에 대한 서늘한 의문이 물비늘처럼 번지기 시작했다. 중기 눈에는 또래 친구들이 어리고 유치해 보였다. 자신과 친구들 사이에 보이지 않는 강 하나가 흐르는 기분을 느꼈다. 누군가와 진지한 이야기라도 나누고 싶었지만, 그럴 대상을 찾기 어려웠다.

마음이 답답한 중기는 집을 나서 금남로 쪽으로 발걸음을 옮겼다. 찬바람이 코끝을 스치고, 옷깃을 여미는 손끝이 시렸다. 형 정기는 집에서 이십 분쯤 내려간 금남로 끝자락에서 유명약국을 운영하고 있었다. 어릴 적부터 박카스 한 병 얻어 마실 요량으로 저녁 바람을 맞으며 찾아가던 곳이었다. 함께 살았던 기억은 없지만, 형 정기는 중기에게 든든한 바위처럼 의지할 수 있는 존재였다.

약국 유리문을 열고 들어서자, 맑은 종소리가 작게 울렸다. 약제실 안쪽에 있던 형이 모습을 드러내더니, 카운터 아래에서 박카스 병 하나를 꺼내 중기에게 건넸다. 중기는 병을 두 손으로 감싸고 한동안 엄지손가락으로 뚜껑만 만지작거렸다. 이윽고 진지한 표정을 지으며 중기가 입을 열었다.

"형, 나도 무언가 내 몫을 해내며 살아갈 수 있을까? 내가 사는 세상을 잘 모르겠어. 복잡하고 불공평하고…"

들어설 때부터 표정이 무거웠던 중기의 말을 들은 정기는 부드럽지만 진지한 표정으로 말했다.

"중기 너도 이제 고등학생이니 좀 알겠지만, 세상은 갈피를 잡기 어려울 만큼 복잡스럽다. 거기서 살아가려면 방황하기도 하고, 헤매는 날도 많을 거다. 형도 그랬다. 지금도 그렇고."

형은 잠시 숨을 고르고 말을 이었다.

"혼란스러울 때는 걸음을 잠시 멈추고, 잠잠히 너 자신을 깊이 들여다보는 시간이 필요해. 그런 시간을 지나야 다시 걸음을 내디딜 너의 길이 보일 것이다."

형의 말이 중기의 가슴 어딘가에 조용히 내려앉았다. 학교에서 들었던 공허한 조언들과는 달리, 마음 깊은 곳을 조용히 건드리는 듯했다. 무엇이었는지는 몰라도, 그 말은 오래도록 남을 것 같았다. 지금의 혼란이 그저 견뎌야 할 과정이라고 생각하니 숨이 조금 트이는 기분이었다. 형은 마지막으로 중기에게 신신당부하듯 덧붙였다.

"그리고 한 가지는 늘 기억해야 한다. 어떤 상황에서도 어머니를 먼저 생각하거라."

'어머니'라는 말이 중기의 가슴 깊은 곳으로 천천히 가라앉았다. 바위가 호수 밑바닥으로 천천히 잠기듯, 그 말은 중기 마음에 무겁게 내려앉았다. 형의 말을 온전히 이해할 수는 없었지만, 그날 중기는 비록 자신이 막내지만 어머니에 대한 무거운 책임감이 있음을 또렷하게 느꼈다.

운명의 실타래

공부를 잘했던 중기는 집에서 15분 거리의 국립대학 국문과에 들어갔다. 합격 소식을 들은 날, 맏형 정기는 중기의 손에 작은 상자 하나를 쥐어 주었다.

"대학 입학 선물이다."

상자 안에는 중기가 오랫동안 바라던 니콘 카메라가 들어 있었다. 중기는 숨을 죽이며 상자를 열고, 부드러운 광택을 머금은 카메라를 두 손으로 조심스레 들어 올렸다. 옆에서 지켜보던 어머니는 행복해하는 막내아들의 얼굴을 바라보며 가만히 앞치마 끝을 만지작거렸다. 막내아들이 고향을 떠날까 봐 걱정하던 어머니는 한시름 덜어 낸 사람처럼 편안해 보였다.

중기 자신도 고향을 떠나는 일은 한 번도 생각해 본 적이 없었다. 익숙하고 아늑한 고향에서 국어 교사로 뿌리내릴

미래를 그려 왔다. 선생이라는 직업에 대한 각별한 소명 의식까지는 아니어도, 중기는 가르치는 일을 좋아했다. 좋아하는 문학과 사진을 곁에 두고, 오후 시간과 방학을 누릴 수 있는 교사의 삶이 자신에게 적격이라 여겼다. 그 꿈의 이면에는 어머니 곁을 떠나지 않으려는 마음도 깃들어 있었다.

학교 정문에서 나지막한 언덕을 올라 인문대학의 아치문을 지나면, 오른쪽 벽에 큼지막한 게시판이 있었다. 건물로 들어설 때마다 중기가 가장 먼저 시선을 두는 곳이었다. 그곳을 마주할 때면 신입생 오리엔테이션에서 학사 안내를 맡았던 담당자의 목소리가 어김없이 귓가에 맴돌았다.

"대학은 학사 과정에 대해 아무도 가르쳐 주지 않습니다. 오고 가며 게시판을 잘 보고 다녀야 합니다. '몰랐어요' 같은 말은 통하지 않습니다."

그 말은 단순한 안내를 넘어 대학 생활의 지침이자, 성인이 되는 첫 관문이었다. 중기는 스스로 정보를 찾고 결정을 내리는 나이가 되었음을 실감했다.

여름의 문턱에 선 6월 초, 대학의 첫 방학을 앞둔 중기는 세상을 향한 설렘으로 부풀었다. 대학에 진학한 이래 그는

10대 시절을 가둔 빡빡머리에 대한 한풀이처럼 머리를 어깨까지 길렀다. 세상에 대한 20대의 어깃장이었다. 그러나 머리 기르는 일 따위의 허세를 넘어, 무엇인가 의미 있는 일을 찾고 싶었다.

그때 중기의 눈에 번쩍 들어온 것이 게시판에 걸린 야학 교사 모집 공고였다. 갈색으로 변색된 종이에 매직으로 대충 쓴 듯한 글씨체로, 노동 현장의 청소년들에게 검정고시 준비를 돕고, 배움의 기회를 열어 준다는 내용이었다. 중기는 그 글씨를 몇 번이고 다시 읽었다. 그들의 어깨에 얹힌 세상의 무게를 대신 져 줄 수는 없지만, 스스로 길을 걸어갈 힘을 키워 주고 싶었다. 교회를 빌려 운영되지만, 종교와 관련이 없다는 안내도 그를 안심시켰다.

중기는 단걸음에 단짝인 헌식과 경문에게 달려갔다. 학생 회관 앞 벤치에 앉아 담배를 나눠 피우는 둘의 모습이 멀리서 보였다.

"야, 우리 이거 해 보자."

중기가 숨 돌릴 새도 없이 공고문에 대해 말했다. 헌식이 싱긋 웃으며 중기의 등을 툭 쳤다.

"오, 너 좋은 거 물어 왔다. 좋아! 콜!"

말수가 적은 경문은 짙은 눈썹 아래로 중기를 바라보다 느릿하게 고개를 끄덕였다. 담배 연기를 천천히 내뿜으며 그가 말했다.

"그래, 한번 해 보자. 나도 하고 싶은 활동이었어."

세 사람은 한 번씩 하이 파이브를 치고는 모집 공고에 적힌 주소지로 달려갔다. 그 발걸음은 질긴 운명의 실타래로 엮어, 중기와 친구들의 삶을 상상조차 하지 못했던 방향으로 이끌어 갔다.

바람이 머문 방

　지하 교회의 낡은 형광등 아래, 칠판은 작았고, 책걸상은 삐걱댔으며, 전등은 벌레 몇 마리와 함께 희미한 빛을 나눠 줬다. 중기가 교탁 위에 얹힌 분필을 천천히 들자, 학생들의 눈빛이 쏠렸다. 그 눈동자 안에는 '배움'을 넘어, '생존의 절박함'이 있었다. 그 시선은 중기의 심장 어딘가를 묵직하게 건드렸다. 무심코 지나쳤던 자신의 배움의 시간들이 부끄러워졌다.

　세 명의 인문학도는 국어, 역사, 사회를 나눠 맡아 가르쳤다. 고교 시절에 두루 공부를 잘했던 중기가 수학을 맡았다. 공장과 음식점, 건설 현장을 거쳐 온 청소년들이 저녁이면 하나둘 교회 지하에 모였다. 하루의 노동으로 짓무른 손등, 축 늘어진 어깨를 하고도 그들은 책상 앞에 앉았다. 피곤 속에서도 눈은 빛났고, 틀려도 다시 펜을 들었다.

경문은 직접 만든 교재로 교과뿐 아니라 민주주의 이념과 노동자의 권리를 열정적으로 강의했다. 칠판 앞에 서면 조용했던 경문의 목소리에 뜨거운 힘이 실렸다. 때로는 너무 열이 올라 경문의 이마에 땀방울이 맺히기도 했다. 헌식은 늘 어깨를 들썩이며 빠르게 판서를 하고, 학생들과 가벼운 농담도 주고받으며 분위기를 이끌었다.

"여러분, 오늘 현장에서 너무 힘들었죠? 그래도 이거 하나만 더 이해하면 내일은 더 쉬워질 거야."라며 지친 학생들의 어깨를 두드리곤 했다.

야학이 끝나고 세 친구가 함께 귀가하는 늦은 밤길, 그들의 자주 발걸음을 멈추고 서로를 바라보았다.

"우리가 잘하고 있는 걸까?"

"우리 잘하고 있는 거지?"

때때로 셋은 말을 건네는 대신, 눈빛만으로 이런 물음을 주고받으며 서로의 마음을 확인했다. 가끔은 포장마차에 들러 막걸리 한 사발로 목을 축이며, 그날의 수업과 학생들에 대한 느낌을 나누기도 했다.

<분필 먼지 속에서>

작은 칠판 앞에 서면
세상이 잠시 조용해진다.
하얀 가루가 허공에 흩날릴 때
나는 그 맑은 눈과 마주했다.

가르친 것이 아니라
같이 견딘 저녁이었다.

　셋은 서로의 그림자처럼 붙어 다녔다. 밤늦게 함께 돌아왔
고, 수많은 밤을 중기 방에서 뒤엉켰다. 담배 연기가 자욱한
좁은 방에서 그들은 세상을 바꿀 이야기에 밤을 지새우곤 했
다. 중기의 집이 아지트가 된 까닭은 학교와 가까워서이기도
했지만, 경문은 강진, 헌식은 순천에서 광주로 유학 온 상황이
었기 때문이다. 말이 자취생이지 밥 지을 시설도 갖추지 못한
단칸방에서 둘이 기거하는 처지였다. 중기는 하숙생 사이에
수저 두 개만 더 놓아 달라며 친구들을 집으로 끌어들였다.

두 친구는 중기 어머니를 '어머니'라 부르며 허물없이 다가 갔다. 자부심이 강하고 아들에 대한 기대가 컸던 어머니는 아들 친구들을 큰어머니처럼 품었다. 손이 큰 어머니는 친구들이 드나들 때마다 된장찌개에 생선 한 토막 더 얹고, 김치와 나물 반찬을 푸짐하게 내놓으며 흡족해하였다.

"경문아, 너 그 옷 좀 빨게 내놔라."

어머니가 친근하게 말했다. 사시사철 교련복만 입는 경문을 그녀는 '얼룩이'라고 불렀다. 그 별명에는 어머니만의 특별한 애정이 깃들어 있었다. 어머니는 경문의 교련복을 살짝 가져가 시접이 터진 바짓단을 꿰매 주거나 떨어진 단추를 달아 주기도 했다.

취직 준비하던 하숙생이 떠나고 빈방이 생기자, 중기는 서둘러 친구 둘을 불러들였다. 사람을 좋아하고, 아들 일이라면 무엇이든 허락하는 어머니도 그 제안을 흔쾌히 받아들였다. 그렇게 시작된 시간, 그 방에는 1980년 5월까지, 세 사람의 청춘과 열정이 햇살처럼 머물렀다. 좁은 방에서 세 청년은 열정과 꿈을 엮어 세상을 향한 날개를 함께 저어 올렸다. 때로는 청춘의 미소가, 때로는 뜨거운 토론이 방 안을 채웠다. 담배 연기 자욱한 공간에서 그들은 세상의 부조리에 분노하고, 서로의 이상에 격려를 건넸다. 무너질 듯 기울어지다 다시 일어서는, 서툴지만 눈부신 나날이었다.

<아직 가지 않은 길>

세 사람이 걷는다.

이 길이 어디로 이어질지
두려워하지 않았다.
푸른 의지로 써 나가는 이야기에
고통은 문장의 여백에 숨어 있었고
꿈은 어깨에 걸려 있었다.

그들은 몰랐다.
이 길이 얼마나 가파른지,
그들의 꿈이 얼마나 무거운지.

뒤따라오는 그림자와

이 길 끝을.

　사진으로 남은 그 시절, 중기와 친구들은 길고 터부룩한 머리를 하고 있었다. 옷깃은 닳았지만 눈빛만은 반짝이는 청년들이었다. 모두가 날씬했고, 서툴고 순수한 빛을 품고 있었다. 중기의 얼굴에는 짓궂으면서도 맑은 미소가 번졌다. 그 미소는 친구들과 함께 있을 때만 피어나는 빛이었다.

　셋이 무등산 계곡을 오른 날, 큰비가 지나간 폭포는 세차게 쏟아졌다. 젖은 바위 위에서 그들은 함께 노래를 불렀었다. 사진으로 남은 그 시절의 중기는 허리춤에 두 손을 얹고 오른발을 앞으로 쭉 내밀어 비딱하게 섰다. 젊음의 오만함과 자유로움이 담긴 그 자세는, 이후 중기의 몸 어디에도 다시 깃들지 못했다.

마지막 웃음

5월 16일, 야학을 마치고 돌아오는 길, 헌식은 붕어빵을 한 봉지를 사 들었고, 경문은 느릿하게 따라오며 하나를 꺼내 입에 물었다. 중기는 두 친구를 바라보다 하늘을 올려다보았다. 별이 가득했지만 공기는 싸늘했고, 밤공기에는 희미한 연기 냄새가 스며 있었다. 길가에는 누군가 급히 뜯어낸 포스터 자국이 얼룩처럼 벽에 남아 있었다.

"뜨뜻할 때 먹자."

헌식이 중기에게 붕어빵을 내밀었다. 아직 따뜻한 빵에서 김이 오르고 있었다. 중기가 받아 들어 한입 깨물었다. 찰진 팥의 단맛이 입안을 채웠다.

집으로 돌아오자 세 사람은 중기의 방에 모였다. 헌식이 익숙한 손놀림으로 라면을 끓여 오고, 경문은 구석에 웅크려 앉아 만든 교재를 넘기며 조용했다.

"요즘 분위기가 심상치 않아."

중기가 조심스럽게 입을 열었다. 헌식은 라면을 밥공기에 덜어 내며 말했다.

"며칠 전부터 움직임이 있더니, 어제 서울역 광장에서 어마어마했다더라."

경문이 교재를 접어 한쪽으로 밀며 덧붙였다.

"계엄군 탱크가 들어왔대. 곧 군대가 치고 들어올 것이라는 소문도 있고."

그는 손가락으로 테이블을 가볍게 툭툭 치며 평소보다 낮은 목소리로 말했다. 방 안은 라면 국물 냄새로 가득 찼고, 밖에서는 밤바람이 느릿하게 불었다. 중기는 자리에서 일어나 창문을 열고 밤하늘을 올려다보았다. 어디선가 먹구름이 밀려오고 있었다. 멀리서 개 짖는 소리가 들려왔다.

"당분간은 관망한다고 했지만, 내일 학교에 모이기로 돼 있어."

경문이 조용히 말을 이었다.

"뭔가 일어날 것 같아."

라면을 다 먹은 헌식이 붕어빵을 베어 물며 중얼거렸다.

셋은 라면 그릇을 밀어 놓고 붕어빵을 하나씩 집어 들었다.

"이 늦은 밤에 라면에 붕어빵이라니, 우리 배는 진짜 용감하다."

헌식의 말에 서로의 얼굴을 바라보며 가볍게 미소를 지었다. 라면 냄새가 묻은 방 안에 붕어빵의 고소한 냄새가 천천히 퍼졌다. 그 밤이 그 방에서 세 명이 함께한 마지막 밤이었다. 붕어빵을 들고 지었던 그 웃음은, 아득한 빛처럼 멀어져 세월이 흐른 뒤에도 중기의 가슴 어딘가를 아릿하게 건드렸다.

오월의 불꽃, 오월의 상처

5월 17일, 아침저녁으로는 쌀쌀했지만 한낮에는 더운 기운이 감돌았다. 자정을 막 넘긴 시간에 정기가 숨을 헐떡이며 달려왔다. 대문을 급하게 두드리는 소리에 잠에서 깬 어머니가 문을 열었다. 정기의 얼굴은 어둡게 굳어 있었다.

"어머니, 중기 있지요?"

"아니, 이 시간에 웬일이냐? 온종일 나다니다 늦게 들어와 방에 들어갔다."

정기는 곧장 중기 방으로 향했고, 어머니도 뒤따랐다. 중기는 아직 잠자리에 들지 않은 채, 책상에서 무엇인가 끄적이다가 부스스한 모습으로 형을 올려다보았다.

"중기야, 너 잘 들어."

정기의 목소리는 낮고 단호했다.

"날 밝는 대로 화순 큰고모네나 목포 작은고모네로 가라.

첫 차로 내려가야 한다. 여기 용돈도 좀 넣었다. 형이 전화할 때까지 절대 광주로 오지 말고 거기 있어."

중기는 형의 손을 물리치며 책상 위 공책을 닫았다. 그 위에는 무언가 선언문 비슷한 글이 빼곡하게 쓰여 있었다.

"형, 내일 친구들과 약속도 있고, 그렇게 못해요. 알아서 할 테니 걱정 마세요."

정기가 몇 번이고 설득했지만 중기의 반응은 완고했다. 어머니가 답답한 듯 두 아들 사이에 서서 물었다.

"정기야, 무슨 소리를 들은 거냐? 어째야 하니?"

"어머니, 젊은 사람들은 미리 조심하는 게 좋을 것 같아서 그래요. 너무 걱정은 마세요. 중기 너는 그렇게 고집부리면 못쓴다. 형이 차 가지고 내일 새벽에 다시 올 테니 그리 알아. 절대 외출하지 말고 있어. 알았지?"

정기는 어머니를 향해 돌아서며 말했다.

"어머니, 중기 밖에 나가지 못하게 하세요."

어머니는 아무 말 없이 고개를 끄덕이는 시늉을 했다. 정기가 급히 돌아갔다. 대문이 닫히는 소리와 함께 멀어지는 자동차 소리가 들렸다. 어머니는 정체 모를 불안에 심장이 벌렁거려 밤새 뒤척였다. 한 시간쯤 잠이 들었을까, 새벽녘이 밝아 오기 전에 선잠에서 깨어났다. 불길한 예감에 중기 방문을 열었다. 방은 텅 비어 있었다. 그제야 경문과 헌식은 어젯밤에 아예 집에 돌아오지 않았음을 깨달았다. 그녀의 가슴안으로 썰렁한 바람이 훅 불어 들어왔다.

이틀이 지나도 중기와 친구들은 돌아오지 않았다. 하숙생 서너 명도 소식이 끊겼다. 어머니는 희망과 절망 사이를 오가며 걷다 멈추고, 걷다 멈추기를 반복하며 거리를 헤맸다. 거리에는 탄 냄새와 눅눅한 연기 냄새가 얇게 깔려 있었다. 짝 잃은 운동화 하나가 찢어진 종이 위에 나뒹굴었다. 전신주에는 헝겊 조각이 매달려 바람에 힘없이 흔들렸다. 햇살은 너무 맑았고, 그 맑음이 오히려 숨을 막았다.

아들을 찾아 사방팔방을 더듬는 그녀의 눈빛은 점차 불안으로 흔들렸다. 어머니는 깊게 숨을 들이켰다. 아무도 아들을 찾아 줄 것 같지 않았다.

<조각난 거리>

발자국도
이름도
바람에 흩어졌다.
나는
부서진 길 끝에 섰다.

 맥없이 걷던 어머니는 문득 하늘을 올려다보았다. 햇살이
말도 안 되게 맑았다. 푸른 하늘은 아무 일도 없었다는 듯
평온했고, 구름은 느릿하게 흘러갔다. 이런 날에 아들이 어
딘가에 쓰러져 있을지도 모른다는 생각에 그녀는 소스라치
게 몸을 떨었다. 한참 동안 하늘을 올려보다, 다리가 풀려
겨우겨우 집으로 돌아왔다.
 집은 마치 오래된 빈집처럼 적막했다. 전화선이 끊긴 집,
불도 켜지지 않는 방에서 어머니는 밤새 몸을 움츠리고 문소
리에 귀를 세웠다. 바람 소리, 개 짖는 소리, 멀리서 들려오
는 총성에 요동치는 마음을 누르며, 중기의 사진을 꼭 쥐고

기도했다.

머칠 만에 하숙생 세 명이 돌아왔다. 어머니는 소리를 듣고 황급히 문을 열었다. 옷은 찢기고 더러웠으며, 전쟁터를 지나온 패잔병처럼 걸음도 시선도 허물어져 있었다.

"혹시… 중기를 봤니?"

어머니의 떨리는 목소리에 하숙생들은 서로를 바라보더니 고개를 떨구었다. 3학년 지석이가 입을 열었다.

"어제 도청에서 잠시 봤습니다. 경문이와 함께…"

말을 잇지 못하는 하숙생들을 보며 어머니의 얼굴은 백지장처럼 변했다. 그녀는 움직이지도 못한 채 아들의 이름을 낮게 불러 보았다.

하숙생들이 돌아온 직후, 다시 대문이 열리는 소리가 들렸다. 정기가 급히 숨을 몰아쉬며 마당으로 뛰어들었다. 얼굴은 땀으로 범벅이 되어 있었고, 셔츠는 흙먼지로 얼룩져 있었다. 거리를 달려온 듯 숨을 거칠게 내쉬었다.

"중기 아직 소식 없지요? 친구들도 안 들어왔고요?"

어머니는 고개를 가만히 저으며 말했다.

"내가 심장이 벌렁거려서 아무것도 못 하고 있다. 너는 식구들 어쩌구 왔니? 너도 절대 나다니지 마라. 저놈들이 사람인가 싶다."

정기는 몸을 떠는 어머니를 팔로 감싸 안고, 방으로 함께 들어가 앉았다. 촛불 빛에 두 사람의 그림자가 벽에 길게 드리워졌다. 정기는 바지 주머니에서 손수건을 꺼내 이마의 땀을 닦았다.

"약국은 진즉에 닫았어요. 2~3층 사무실도 다 잠가 버렸어요. 엊그제 갑자기 4층 살림집으로 학생들이 뛰어들어 애들 엄마가 먹을 거 내주고 옥상에 숨겨 주었어요."

"세상에, 다친 사람은 없고? 큰일 날 뻔했구나."

"금세 군인 다섯이 몰려와 집 안을 험악스럽게 뒤지고 다녔어요. 애들 엄마가 벌벌 떨며 아무도 없다고 했더니, 잠긴 옥상 문을 성질을 부리며 대검으로 찍어 놓고 갔어요."

정기가 말하면서 주먹을 꾹 쥐었다. 어머니가 놀란 표정으로 정기에게 말했다.

"다친 사람 없는 것만도 기적이다. 큰일 날 뻔했다."

"문짝이야 나중에 고치면 돼요. 어머니, 아무튼 절대 밖에 나가지 마세요. 지금은 위험해요."

정기는 일어서며 창문 틈으로 바깥을 살폈다. 거리는 이상할 정도로 고요했다. 정기를 향해 어머니가 힘없이 말했다.

"내가 어딜 나가겠니. 아니, 이 집도 안전한지 모르겠다. 중기만이라도 빨리 돌아오면 좋겠구나."

어머니의 눈에서 눈물이 흘러내렸다. 정기는 어머니의 어깨를 가만히 쥐었다가 다시 대문을 향해 발걸음을 옮겼다. 어둠 속으로 사라지는 정기의 뒷모습을 보며, 어머니는 두 아들을 모두 잃을지도 모른다는 공포에 몸을 떨었다.

부서진 발걸음

중기는 일주일 만에 돌아왔다. 달빛이 희미하게 비치는 밤, 마당을 서성이던 어머니는 대문에 기대어 서 있는 그의 실루엣을 발견하고 심장이 멎는 듯했다. 한쪽 다리를 절룩이며 비척이는 걸음마다 고통이 배어 있었다. 옷은 곳곳이 찢어졌고, 말라붙은 핏자국이 얼룩져 있었다. 얼굴은 잿빛 하늘처럼 생기를 잃었고, 입술은 메마른 잎새처럼 바싹 말라 있었다. 텅 빈 눈으로 어머니를 바라본 그는, 회색 그림자에 휘감겨 넋이 나간 사람처럼 쓰러졌다.

어머니는 그 자리에 얼어붙었다. 손이 먼저 튀어 나가 아들의 어깨를 부여잡았다. 그 몸에서 느껴진 낯선 뼈마디의 각짐에, 가슴 한복판이 서늘하게 내려앉았다. 일주일 만에 이렇게 야위다니. 무슨 일을 겪었느냐고, 어디가 아프냐고, 어머니는 차마 묻지 못했다. 입술이 달싹였지만 아무 말도 나오지 않았다. 떨리는 손끝으로 중기의 등을 가만히 쓸어내렸다. 눈물이 북받쳤지만, 어머니는 고개를 들어 하늘을 보며 눈꺼풀을 깜빡이며 삼켰다. 어머니는 한 걸음 내디디려다 멈췄다. 마음 깊은 곳에서 무너지는 소리가 아득하게 들려왔다.

<부서진 별>

작은 별 하나
매일 바라보던 별 하나

소리도 없이 부서졌다.

나의 밤도
함께 부서졌다.

소식을 듣고 정기가 달려왔다. 중기가 거부했지만, 정기는 세심하게 중기의 상태를 살폈다. 발목은 골절되어 제대로 디딜 수 없게 되었고, 총알이 다리를 스치면서 생겨난 상처는 살점이 패여 곪아 갔다. 그 밤으로 정기는 다시 약국으로 뛰어가 약과 붕대를 가져와 중기의 상처를 감쌌다. 중기는 한마디도 하지 않았다. 눈물 한 방울도 없이, 그저 텅 빈 눈으로 천장만 응시했다. 정기는 약봉지를 중기 옆에 내려놓고, 아무 말 없이 방을 나왔다.

모든 감정을 잃은 사람처럼 침묵하는 중기는 더 이상 개구진 미소를 짓던 막둥이가 아니었다. 표정이 사라지고 웃음도 잃었으며, 음식에도 거의 손을 대지 않았다. 수돗가에서 찬물로 등목하며 물장난을 벌이던 아들이었지만, 여름이 왔어도 차가운 물을 질색했다. 샤워할 때마다 보일러 온도를 한껏 높였고, 마실 물조차 따뜻한 물만 찾았다. 그에게 닿는 차가운 물은 지워지지 않는 기억의 촉감이었다.

밤마다 악몽에 시달리는 중기의 외침에 어머니도 잠을 이룰 수 없었다.

"도망쳐! 저리로 가!"

그러다 몸부림치며 벌떡 일어나는 기척이 들리곤 했다. 미세하게 흐느끼는 소리가 들려오기도 했다. 어머니는 어둠

속에서 중기의 방문 앞에 앉아, 아들의 소리 없는 눈물에 함께 흐느꼈다. 젊은이들을 짓밟은 세상을 향한 말 없는 분노를 간신히 삼키며 기도했다. 부디 이 아이가 다시 웃을 수 있게 해 달라고.

함께 웃고 울던 헌식과 경문은 흩어진 꽃잎처럼 바람 속으로 사라졌다. 그들의 행방을 쫓아 형사가 한 달에 두어 번씩 들이닥쳤다. 회색 점퍼를 걸친 형사가 대문을 밀치고 성큼 들어설 때마다 어머니의 심장은 숨 가쁘게 뛰었다. 둔탁한 구두 뒷굽이 마당 돌길을 두드리는 소리는 어머니에게 공포의 신호와도 같았다.

형사는 날카로운 눈빛으로 마당을 훑고, 헛기침을 해 대며 마당을 가로질러 툇마루에 앉았다. 언제나 같은 장소, 같은 자세, 같은 말투였다. 털썩 걸터앉아 반가부좌 자세를 하고서는 어머니에게 말을 툭툭 던졌다.

"요즘 중기 별일 없지요? 저~ 방 친구들이 다녀가진 않았습니까?"

담배를 한 개비 꺼내 들며 그의 눈은 집 안 구석구석을 살폈다. 그 말속에는 중기를 감시하고 있다는 차디찬 경고가 담겨 있었다. 형사의 등장을 안 중기는 방 안에 앉아 벽을 바라본 채, 숨소리조차 죽이며 굳어 있었다.

어머니는 분노를 꾹 누른 채 볼멘소리를 쏟아 냈다.

"친구들이고 말고를 내가 어찌 알겠소? 형사님이 알아서 할 일 아뇨!"

말을 던지듯 내뱉고 휑하니 부엌으로 가 버렸다. 하지만 부엌에서도 형사의 시선이 등 뒤를 파고드는 느낌을 지울 수 없었다. 어머니는 부엌에서 그릇 부딪치는 소리를 일부러 냈다. 그러나 요동치는 심장과 떨리는 손끝은 감출 수 없었다.

담배를 다 태운 형사가 바지를 툭툭 털더니 일어서 대문을 쾅 닫고 나갔다. 마당에 남은 담배 연기가 천천히 흩어졌다. 형사의 발소리가 멀어진 지 한참 지나서야 중기는 멎은 것 같던 숨을 미세하게 내쉬었다. 천천히 숨을 들이쉬고, 깨진 유리 조각을 피해 걷듯 조심스레 몸을 일으켰다. 그러나 문 쪽으로는 한 발짝도 다가서지 않았다.

저녁이 되자 어머니는 중기의 방문을 노크했다. 대답이 없었다. 조심스레 문을 여니, 중기는 창가에 멍하니 앉아 있었다. 오른손에는 둘둘 만 종이 한 장이 쥐어져 있었다. 아들

의 침묵에 익숙해진 그녀는 아무것도 묻지 않은 채 작은 밥
상을 들고 방에 들어갔다.

"밥 먹으렴."

아들의 눈가에 맺힌 물기를 본 어머니는 상을 내려놓고 조
용히 방을 나왔다. 한때 따뜻했던 집은 감시와 불안의 그림
자에 잠식되어 갔다. 부엌 창문 너머로 새어 들어오는 햇살
마저, 어딘지 모르게 흐릿해 보였다. 대문 밖은 또 다른 세상
이 되었다. 중기는 이제 그곳으로 한 발짝도 내딛지 않았다.

중기의 성소

중기가 방을 나서는 일은 드물었지만, 가끔 마당을 가로질러 나무 그늘에 앉는 모습이 보였다. 어머니는 마루 끝에 말없이 앉아 바느질하는 척하며 그 모습을 지켜보았다. 마당에 햇살을 맞으며 움직이다가도, 어머니는 잠시 멈추어 중기의 방 쪽을 바라보았다. 문은 늘 닫혀 있었고, 그 너머에서는 아무 기척도 들리지 않았다.

중기의 닫힌 방문을 바라보던 어느 날, 어머니는 퍼뜩 집 뒤란에 자리한 커다란 광이 머릿속을 스쳤다. 안채를 돌아 뒤란에 자리한 광은 안채 방 세 칸을 합친 널찍한 크기였다. 직사각형 구조에 큼지막한 양쪽 문이 달려 있었고, 벽 위쪽마다 환기를 위한 작은 창이 두 개씩 나 있었다. 언제 사용했는지 모를 녹슨 경첩의 반닫이와 퀴퀴한 잡동사니들이 널브러져 있었다. 구석에 세워진 닳고 닳은 기다란 싸리 빗자

루는 갈대처럼 여위어 세월의 흐름을 말해 주고 있었다.

그 공간을 둘러보며 생각이 잠겼던 어머니의 얼굴에 굳은 결심이 서렸다. 어머니는 다소 들뜬 목소리로 정기에게 전화를 걸었다.

"정기야, 너 그 약국 뒤에 큰 목재상 있지?"

어머니의 갑작스러운 말에 정기가 의아하게 물었다.

"예, 있어요. 뭐 때문에요?"

"거기 기술자도 있냐? 나무만 파냐? 내 뒤란에 광을 중기 있기 편하게 고쳐 버리려 한다. 형사 놈이 자꾸 들락거려 성가시게 한다."

그녀의 목소리에 힘이 실렸다. 오랜만에 찾아온 생동감이었다.

"아, 공사를 벌이시게요? 내가 알아볼 테니까 어머니는 나서지 마세요."

정기의 말에 어머니는 마음이 한결 가벼워졌다. 광이 있다는 사실이 새삼 고마웠다.

다리와 허리 통증을 묵묵히 견디던 중기도 광 개조에는 입을 열었다.

"비용이 만만치 않을 텐데… 고맙습니다, 어머니."

그 말에 어머니는 구부정해진 어깨가 펴지는 기분이었다.

머칠 뒤부터 공사가 시작되었다. 창틀을 고치고, 바닥을 새로 깔고, 벽을 정리하는 소리가 집 안에 울렸다. 망치 소리와 톱질 소리가 며칠 동안 이어졌다. 중기의 요청대로 벽면 가득 책꽂이를 짜 넣고, 내부는 모두 나무로 마감했다. 문 옆 오른쪽 벽에는 큰 책상과 책장을 들였다. 에어컨은 달았으나, 바닥 난방이 어려워 한가운데 주물 난로를 놓았다. 양쪽 문은 한쪽만 사용하도록 고쳤다.

작업이 마무리되어 가던 날, 어머니는 중기의 방문을 노크했다.

"중기야, 좀 나와 보렴. 네가 한번 봐야 할 것 같아."

중기는 천천히 방에서 나왔다. 다리를 절룩이며 어머니를 따라 안채를 돌아 뒤란으로 향했다. 광의 문이 새것으로 바뀌어 있었고, 문을 열자 햇빛이 가득한 공간이 드러났다. 광은 지붕만 그대로일 뿐, 그 집에서 가장 현대적 공간으로 탈바꿈했다. 중기는 새로운 공간을 천천히 둘러보았다. 방 안의 공기는 새 나무 향으로 가득했다. 노을빛이 새 창문을 통해 쏟아져 들어왔다.

그는 창가로 다가가 밖을 내다보았다. 창문 너머로 보이는 하늘은 넓었다. 사람의 체온이 닿지 않던 뒤뜰의 광은 세상에서 돌아앉은 중기의 은신처이자, 그가 꺼내 놓지 못하는 들숨, 날숨이 쏟아지는 성소가 되었다.

<성소>

새로 깎은 나무 냄새 속에
나는 몸을 내려놓았다.

침묵 속에서
숨을 접고, 펴고,
다시 접는다.

나를 용서하지 못한 채
여기 있다.

방 안에는 새 나무 냄새가 은은히 퍼져 있었다. 중기는 의자에 걸터앉아 천천히 숨을 들이마셨다. 창문 너머로 바람이 지나가고, 멀리서 강아지 짖는 소리가 어슴푸레 들려왔다. 가까스로, 아주 가까스로 살아 있다는 감각이 몸속에 조용히 번져 갔다.

어머니는 서둘러 중기 친구들이 쓰던 방을 전세로 내놓았다. 새 세입자가 들어와 집 안의 공기가 조금은 달라지길 바랐다. 텅 빈 방을 바라보며 중기가 삼키는 헛헛함이 조금이라도 덜어졌으면 하는 마음이었다.

뒷방에 잠든 청춘

중기는 친구들의 체취가 흐려지고 퀴퀴해져 버린 빈방을 둘러보았다. 벽에 남은 포스터 자국이 흐릿한 그림자로 남았다. 창문을 열자 숨겨 두었던 먼지들이 나타나 검불처럼 뭉쳐 굴렀다. 먼지 사이로 햇빛이 비스듬히 쏟아져 방 안을 뿌옇게 물들였다.

중기는 헌식과 경문의 책과 옷가지를 라면 상자에 하나하나 담았다. 친구들의 땀 냄새와 담배 냄새가 짐 사이에 어른거렸다. 헌식의 낡은 셔츠를 접다 말고, 중기는 손을 멈췄다. 앞주머니에서 한 개비 남은 담뱃갑과 라이터가 나왔다. 라이터를 켜 보니 작은 불꽃이 타올랐다. 딸깍, 딸깍, 몇 번을 켜고 끄다 끝내 불을 끄고 주머니에 다시 넣었다. 경문의 책 사이에서는 야학 교재를 만드느라 끄적인 공책이 나왔다. 밤샘 작업 중 엎지른 커피 자국이 마른 나뭇잎처럼 남아 있었다. 빼곡히 적힌 글씨를 눈으로 훑는 순간, 중기의 눈가에 뜨거운 기운이 맺혔다. 상자에 담으려다, 그는 조심스럽게 원고를 가슴에 꼭 붙여 안았다. 잠시 그렇게 머무른 뒤, 마지막 결심을 한 듯 공책을 마지막 상자에 담았다. 테이프를 당겨 상자를 봉하는 소리가 대화가 사라진 공간에 날카롭게 메아리쳤다.

등이 굽어진 채 중기는 바닥에 주저앉았다. 창문으로 스민 햇빛이 그의 어깨를 비추었지만, 그 온기가 내면의 추위를 녹이지 못했다. 뜨겁던 꿈과 열정이 머물던 이곳은 이제 차가운 무덤과도 같았다. 길거리에 흩어졌던 유인물처럼 두 친구는 세상에서 사라졌다. 방 안을 가득 채운 정적은 젖은 옷처럼 몸에 들러붙었고, 친구들에 대한 죄책감이 뿌리 깊은 독처럼 번져 갔다. 모두 여섯 개의 상자를 뒷방으로 옮겼다. 각각의 상자에 매직으로 'HS', 'KM'이라고 써넣었다. 묘비명이라도 새기는 듯, 글자를 쓰는 손이 떨렸다.

<지워지지 않는 이름>

네가 남긴 숨결을 접어 넣고
덮개를 닫는다.

나는 묘비를 새기듯,
네 이름을 썼다.

손끝에 남은 잉크 냄새가
가슴을 찔렀다.

살아남은 손이
죽은 시간을 어루만진다.

묵직한 상자들은 중기 마음 깊숙이 내려앉아 오래도록 꺼내지 못할 짐이 되었다.

중기는 새로 마련된 뒷방에 스스로를 밀어 넣듯 틀어박혔다. 뒷방 안은 마치 물속에 잠긴 듯했다. 폐쇄된 공간에서 그의 숨소리마저 무겁게 가라앉았다. 방 안은 낮에도 어스름했고, 가끔 들려오는 집 안의 소음도 먼 세상의 이야기처럼 아득했다. 문을 걸어 잠그지 않았지만, 누구도 그 방의 문턱을 넘지 못했다.

중기는 책꽂이 윗부분에 놓인 작은 가방으로 눈을 돌렸다. 천천히 몸을 일으켜 뻣뻣하게 굳은 다리를 끌며 다가갔다. 손을 뻗어 묵은 시간이 내려앉은 가방을 내리자, 낡은 천의 냄새가 살짝 일었다. 가방을 여니 오래 갇혔던 비닐 내음이 피어올랐다. 한때 친구들과 어울려 다니며 손에 쥐었던 카메라를 꺼냈다. 손바닥에 감기는 금속의 차가운 감촉이 낯선 이의 손길처럼 느껴졌다.

중기는 깊게 숨을 들이쉬었다. 손가락으로 느리게 셔터를 더듬다가, 카메라를 조심스럽게 가슴께로 끌어안았다. 애써 외면했던 기억이 조용히 고개를 들었다. 카메라 앞에 서서 웃던 친구들의 얼굴이 아득하게 눈앞에 떠올랐다. 함께 걷던 산길, 투명하게 반짝이던 계곡물, 비바람에 젖은 풀잎 냄새, 흙냄새가 하나둘 되살아났다. 그때는 너무도 당연했던 것들이 가슴 깊은 곳에 그리움으로 퍼졌다. 중기는 천천히 눈을 떴다. 그곳에 가 봐야겠다는 생각이 조심스럽게 올라왔다.

그는 가만히 일어나 책상 서랍에서 먼지 앉은 필름 통을 꺼냈다. 카메라에 필름을 끼우는 손길이 어설폈다. 필름이 제자리를 찾아 들어가자, 기계가 작은 소리를 냈다. 가방의 먼지를 털어 내어 카메라를 조심스럽게 담고, 빈 필름 두어 통과 작은 수첩 하나를 함께 넣었다. 삼각대는 접어 가방 옆에 끼웠다. 짧은 준비를 하고, 긴 대나무 의자에 다시 털썩 앉았다. 무겁게 잠겨 있던 방 안의 공기가 살짝 흔들렸다. 그것은 자신이 알지 못하는 사이 세상과 끊어졌던 그의 시간이 아주 미약하게 다시 움직이기 시작한 일이었다.

흙냄새를 따라서

새벽빛이 겨우 어둠을 밀어낼 무렵, 중기는 가방을 메고 조심스레 방에서 나섰다. 마당에 내려앉은 이슬이 신발 끝을 적셨다. 대문을 열자, 초겨울 바람이 얼굴을 가볍게 스치고 지나갔다. 낯설어진 바람에 중기는 잠시 걸음을 멈추었다. 대문을 지나 골목길로 들어서니, 세상의 모든 소음을 품었던 동네가 숨을 죽인 듯 고요했다. 가방끈을 고쳐 메고, 무등산으로 향했다.

차에서 내리니 이른 아침의 청량한 산 공기가 중기의 뺨에 와 닿았다. 산 입구로 들어서며 천천히 숨을 들이쉬었다. 깊게 호흡을 내쉴 때, 바람에 실려 온 흙냄새에 눈시울이 뜨거워졌다. 어깨에 얹힌 카메라의 무게가 느껴졌다. 가볍지도, 무겁지도 않은, 잠시 잊었던 감각이었다. 고등학생 때, 자연보호 활동 시간에 반 친구들과 이 길을 걸으며 쓰레기를 주웠던 기억이 스쳤다. 계곡물은 겨울 앞에서 한껏 얕아졌지만, 맑은 물소리가 바위 사이를 유영했다. 풀과 나무들은 간섭받지 않은 채 자유롭게 흔들렸다.

<다시 부르는 이름>

젖은 흙냄새를 따라
지워졌던 발자국을 다시 디뎠다.
흙먼지처럼 흩어진 이름들
돌아오지 않는 너의 발걸음 소리

나는 카메라를 든다.
사라진 것들을 부르기 위해.

중심교를 지나 갈림길에 이르렀다. '중머리재 2.2km'. 익숙한 이정표가 바람을 맞고 있었다. 2.2km…. 벌써 숨이 차오른 중기는 그 숫자가 새삼 아득하게 다가왔다. 한걸음에 홀쩍 올라 닿던 당산나무가 멀게만 느껴졌다. 여전히 그곳을

지키고 있을 당산나무에 대한 인사는 다음으로 미루고 중심
사 주변을 조금만 걷기로 했다.

경내로 들어가는 닳은 돌계단 위에 발을 딛었다. 발밑에서
쌓인 낙엽이 바스락거렸다. 돌 틈 사이로 비집고 자란 이끼
가 햇살을 받아 선명한 초록빛을 뿜었다. 앞마당에 오르자
한편에 선 배롱나무가 바람에 가늘게 몸을 흔들고 있었다.
중기는 가만히 카메라를 꺼내 들었다. 뷰파인더를 눈에 대
자, 바람에 흔들리는 작은 잎이 세상의 전부처럼 다가왔다.
연한 홍자색을 띠며 윤이 나는 나무줄기를 향해 렌즈를 들
었는데, 손끝이 떨려 제대로 초점을 잡지 못했다. 중기는 천
천히 숨을 고르고 다시 셔터를 눌렀다. 찰칵! 카메라가 숨결
처럼 소리를 냈다. 그 작은 소리에 중기의 가슴이 미세하게
떨렸다. 오늘은 더 찍지 않아도 괜찮았다. 다시 천천히 걷기
시작했다. 한 발, 또 한 발. 예전과 달라진 자신의 걸음이, 몸
어디에선가 어색한 파문처럼 번졌다.

사찰 뒤편 오솔길로 발걸음을 옮겼다. 발아래 깔린 솔잎
이 푹신했다. 산길을 오르며 중기는 가쁜 숨을 내쉬었다. 뺨
에 흐르는 땀방울이 차가웠다. 작은 바위에 걸터앉아 물통

을 꺼내 한 모금 마셨다. 물이 목을 타고 내려가는 시원함이
몸 전체로 퍼졌다. 시선을 돌려 산새의 지저귐을 따라 하늘
을 올려다보았다.

처음 본 하늘이
오늘도 거기 있었다
그걸 외면하고 살아왔을 뿐

구름 한 점 없는 파란 하늘이 눈부셨다. 그 순간 카메라를
하늘로 향했다. 셔터를 누르는 순간, 작은 새 한 마리가 프레
임을 가로질렀다. 불현듯 중기의 가슴에 무언가 따뜻한 것이
번졌다. 광 안에서 숨죽였던 시간이, 햇살 안에서 천천히 녹
아내리는 것 같았다.

카메라를 다시 만지기 시작하며 든다, 난다 말도 없이 홀
연히 사라지는 중기를 어머니는 말없이 지켜보았다. 어디로
가는지, 무엇을 찍는지 알 수 없었다. 중기 어머니는 어느
날, 탄식처럼 혼잣말을 흘렸다.

"내가 평생 기왓장 올린 것만 해도 절 한 채 짓고 남을 텐

데. 이제 보니 하나도 소용없다."

그 뒤로 어머니는 절에 드나들던 발길을 끊었다. 그녀의
영혼에도 깊은 금이 갔다. 아들을 지키지 못했다는 죄책감
이 그녀를 짓눌렀다.

모퉁이 돌, 박해인
●

볼 빨간 해인

박해인의 심장은 교양 국어 수업에서 교수가 출석을 부를 때마다 조금 더 빠르게 뛰었다. 김중기라는 이름이 호명될 때면 귓가로 열기가 몰려들어 볼이 발개졌다. 해인은 고개를 숙인 채 손끝으로 노트 귀퉁이를 만지작거렸다. 심장이 노크하듯 가슴을 두드렸다. 중기는 창가 쪽 세 번째 줄, 햇빛이 비치는 자리에 늘 앉았다. 해인은 그보다 두 줄 뒤, 그의 옆얼굴과 어깨선이 보이는 위치를 찾아 자리 잡았다.

수업 내내 해인의 시선은 중기의 옆얼굴을 훔쳐보았다. 중기가 필기할 때마다 미세하게 기울어지는 어깨, 가끔 턱을 괴며 생각에 잠기는 모습에서 눈을 떼기 힘들었다. 중기의 헌칠한 체구와 쌍꺼풀 진 맑은 눈매는 해인의 마음을 자석처럼 끌어당겼다. 소년의 모습이 어른거리는 청명한 미소는 고요한 호수에 던져진 조약돌처럼 해인의 내면에 잔물결을 일으켰다.

　수업이 끝나고 중기가 자리에서 일어나면, 해인은 그가 먼
저 강의실에서 빠져나가길 기다렸다. 가방에 책을 넣으며 정
리하는 척, 손목시계를 보는 척, 잠시 의자에 앉아 가방끈만
만지작거렸다. 괜스레 비슷하게 움직이다가 그의 시선에 들
킬까 조심스러웠다. 수업이 없는 날에도 해인의 발걸음은 정
문에서 인문대학을 향해 저절로 옮겨졌다. 인문대학의 아치
형 돌문을 지날 때마다 숨을 고르고, 게시판을 읽는 척하며
서성였다. 혹시라도 마주치길 바라며 목을 빼고 두리번거렸
다. 콩닥거리는 마음을 담담한 표정으로 위장한 채 교정을
배회했다.

　운이 좋은 날이면 친구들과 함께 지나가는 중기를 볼 수
있었다. 그의 웃음소리는 소음을 뚫고 가장 먼저 해인의 귀
에 닿았다. 무슨 이야기가 그리도 재미있는지 시끌벅적하게
지나가는 그 무리 속에서 중기의 목소리만 선명했다. 그들
걸음에 섞이고 싶어 한 발짝 옮기려 했지만, 해인의 용기는
매번 발끝에서 얼어붙었다. 볼만 사과처럼 달아올랐다. 설렘
으로 뛰는 마음을 진정시키느라 가방끈을 조였다 풀며 숨

을 들이마셨다.

그들이 지나간 자리에 남은 웃음소리의 흔적을 따라 해인은 몇 발짝 걸었다. 벚꽃 한 잎이 그녀의 긴 생머리에 내려앉았다. 손으로 털어 내려다 멈추었다. 중기도 같은 벚꽃 아래 걸었을 테니 그대로 두기로 했다. 해인의 마음이 중기에게 기울어만 가던 무렵, 그녀가 꿈꾸던 기회는 예상치 못한 방향에서 불쑥 찾아왔다.

교복의 무게

해인의 부모는 가내수공업으로 앵글 가게를 운영했다. 진열대 앵글, 샤시, 선반, 사다리, 철제 울타리를 조립하고 납품하는 일이었다. 공장 안은 쇳가루 냄새와 기계 돌아가는 소리로 가득했다. 철재가 부딪히는 날카로운 소음이 귓가를 찔렀고, 바닥에 흩어진 쇳가루는 신발 밑창에 달라붙었다.

공장에는 아버지가 고용한 10대 후반의 청년 공원들이 드나들었다. 붙박이로 있는 공원은 한 명이었지만, 일이 많을 때는 세 명까지 늘어나기도 했다. 한여름이면 쇳가루 냄새가 끈적이게 엉켜 공장 안을 메웠고, 그들의 얼굴에선 굵은 땀이 흘러내렸다. 겨울에는 차가운 철재를 만지느라 어린 청년들의 손가락은 트고 갈라졌다. 때 묻은 작업복에 거친 장갑을 끼고 코끝이 까매진 그들 앞을 교복 차림에 책가방을 메고 지나갈 때마다 해인은 미세한 죄의식을 느꼈다. 고단한 노동을 감내

하는 그들에게 빚진 듯한 묵직한 감정이 일었다.

방으로 들어와 책상 앞에 앉아도 공장의 기계 소리가 귓가에 맴돌았다. 빗방울이 창문을 두드리는 밤이면, 비가 샌 공장 천장 아래 양동이를 놓고 작업하는 공원들의 모습이 눈에 보였다.

'내가 책가방 들고 편히 오갈 때, 저들은 맨손으로 삶을 붙들고 있구나'

그 생각은 해인의 마음속에 조용히 자리 잡아 그녀가 가야 할 길을 서서히 비추기 시작했다.

대학에 발을 들이자마자 해인은 그 빚을 갚기로 마음먹었다. 그녀는 3학년 선배의 지도로 인문 서적을 읽고 토론하던 스터디 클럽에 참여했다. 거기서 뜻밖에 같은 학교 학생들이 교회를 빌려 개설한 야학이 있음을 알게 되었다. 소식을 들은 그날, 해인은 곧바로 합류했다. 다른 교사들은 일주일에 한두 번 나오는데, 해인은 매일 저녁 그 자리를 지켰다. 내면에서 솟구치는 열정으로 야학을 향해 달려가는 그녀의 발걸음은 바람처럼 가벼웠다.

낡은 교리실 문을 열면 형광등 불빛 아래 모인 얼굴들이 그녀를 맞았다. 그곳에서 해인은 배움에 목마른 눈동자들을 마주했다. 책상에 몸을 기울인 채 꼼꼼하게 필기하는 손길, 문제를 풀며 짓는 미소, 이해하지 못한 부분을 묻는 진지한 얼굴들이 교실을 밝혔다. 배움의 기회를 기쁨으로 받아들이는 이들을 만나는 시간은 해인에게 커다란 보람이었다.

교실을 채운 이들은 대부분 근로 청소년이었지만, 20대 후반에서 30대 초반에 이르는 성인도 더러 있었다. 학력이 서당의 기억만을 가진 한 30대 가장은 검정고시를 통해 꿈의 사다리를 한 걸음씩 올랐다. 곡성의 작은 마을에서 자란 그는 수업에 누구보다 진지했고, 틈틈이 교리실을 청소하며 학생들에게 큰형님 같은 든든한 존재가 되어 주었다.

때로는 하루의 노동에 지쳐 꾸벅이는 학생을 보며, 해인은 차마 깨우지 못하고 안타까움만 삼켰다. 책상에 엎드린 얼굴에 남은 기름때, 마디가 거칠어진 손가락, 꿈을 꾸듯 떨리는 속눈썹을 바라보며 그녀는 자신의 특권을 새삼 깨달았다. 하지만 교리실로 모여드는 그들의 얼굴에서 해인은 기쁨을 읽어 냈다. 배움의 자리를 기쁨으로 끌어안는 그들 앞에서 해인은 하루하루 더 깊이 세상과 연결되어 갔다.

심장에 타오른 모닥불

1학기가 끝나고, 다음 학기를 준비하는 교사 모임이 열린 날이었다. 해인은 자리에 앉아 교감을 맡은 선배와 교안에 관해 이야기를 나누고 있었다. 교리실 문이 열리는 순간, 해인의 심장은 순간 멎을 뻔했다. 익숙한 실루엣이 성큼 걸어 들어왔다. 중기였다. 그의 단짝인 헌식과 경문이 그의 뒤를 따랐다.

"인문대학 게시판에서 야학 선생 모집 공고를 보고 왔습니다."

중기의 목소리가 교리실에 울렸다. 그가 해인을 향해 시선을 돌렸다. 어딘가 낯익은 듯, 하지만 정확히 떠올리지 못하는 눈빛이었다. 해인은 심장에 타닥타닥 모닥불이 타오르는 것 같았다. 주변의 소리가 사라지고, 중기의 목소리만이 선명하게 들려왔다.

"안내문을 보니 소식지와 교재를 만들어야 한다고 하죠?"

멍하니 있던 해인은 황급히 정신을 가다듬었다. 심장 소리가 귀까지 울렸지만, 최대한 담담한 목소리로 말했다.

"네, 맞아요. 여름 방학 동안 학생들의 이야기를 담은 소식지를 만들고, 다음 학기 교재도 준비해야 해요."

해인은 책상 위의 서류를 정리하며 말을 이었다.

"매주 수요일마다 모여서 작업할 예정이에요. 시간 괜찮으신가요?"

중기는 고개를 끄덕였다. 그가 경문과 헌식을 돌아보며 물었다.

"매주 수요일이라… 괜찮습니다. 너희 방학에도 광주에 있을 거잖아?"

헌식이 중기의 어깨를 툭 치며 답했다.

"야, 그건 그럴 건데, 너 같은 게으름뱅이가 갑자기 매주 가능하겠어?"

중기가 헌식을 흘겨보았다.

"이건 달라, 인마."

경문이 낮게 웃으며 끼어들었다.

"중기 열정에 디겠다. 무슨 다른 꿍꿍이가 있는 것은 아니 겠지?"

중기는 대답 대신 해인은 향해 시선을 돌렸다. 해인은 그들에게 출석부와 교재 샘플을 나눠 주었다. 중기의 손가락이 해인의 손등에 가볍게 스쳤고, 해인은 그 순간 전류가 흐른 듯한 감각에 숨을 멈췄다. 옆에 있던 교감 선생님이 일어서며 세 사람에게 환영의 인사를 건넸다.

그날 밤, 해인은 집으로 돌아가는 버스 안에서 창밖을 바라보며 생각에 잠겼다. 강의실에서 멀찌감치 바라보던 중기의 옆모습이 떠올랐다. 멀리서 지켜보는 것만으로도 좋았는데, 이제 그가 야학에서 함께 활동하게 된다는 사실이 실감 나지 않았다. 가슴 한편에서는 설렘이, 다른 한편에서는 두려움이 교차했다. 그렇게 중기와 친구들은 해인과 함께 야학의 일원이 되었다. 소식지를 만들고, 교재를 정리하며 여름을 함께 보낼 것이다. 해인의 짝사랑이 본격적으로 시작되려 하고 있었다. 짝사랑은 그 여름을 함께 보내며 천천히 깊어져 갔다. 햇살도, 바람도, 그해 여름은 오래도록 해인 편이었다.

닿지 못한 마음

중기는 고기가 물 만난 듯 모든 일에 적극적으로 뛰어들었다. 항상 제일 먼저 교리실에 도착해 준비 자료를 펼쳐 놓았다. 학생들의 글을 모아 소식지를 편집하는 날에는 밤을 새우기도 했다. 그의 손끝에서 어설픈 문장들이 반짝이는 이야기로 탈바꿈했다.

"이 부분, 내가 다시 정리해 볼게요."

중기는 해인에게 건넨 종이 위에 빼곡히 메모를 채웠다. 그의 글씨는 단정했고, 생각은 명료했다. 해인은 그의 손가락이 종이를 따라 움직이는 모습을 지켜보며 뛰는 심장을 진정시켰다. 열정적인 그의 모습은 해인의 마음을 더 깊은 곳으로 끌어당겼다.

교재를 인쇄하러 가는 날, 두 사람은 버스에 나란히 앉았다. 중기가 창밖을 가리키며 말했다.

"저기 보이는 건물, 제가 고등학생 때 자주 가던 도서관이
에요."

해인은 미소 지었다.

"어머나, 저도 그곳에서 많은 시간을 보냈어요. 집은 좀 시
끄러운 분위기라서요."

"그랬군요. 모르는 사이에 같은 곳에 있었을지도 모르네
요."

그의 목소리는 따뜻했지만, 시선에 특별함은 없었다. 해인
에게 건네는 미소는 다른 사람들에게 보내는 것과 크게 다
르지 않았다. 해인은 자신의 떨림을 삼키고 중기의 이야기에
귀 기울였다. 친구로, 동료로 그의 곁에 머물기로 마음먹었
다. 그것만으로도 충분하다고 마음을 달랬다.

2학기 수업 준비를 마무리한 밤, 해인은 교실을 정리하며
창밖을 바라보았다. 가을의 첫 달이 하늘에 떠올랐다. 중기
가 교실 한쪽에서 칠판을 지우고 있었다.

"내일은 개강이네요,"

해인이 말했다. 중기가 돌아보며 고개를 끄덕였다.

"시간 참 빨리 지나갔어요."

창가에 서 있는 해인의 옆모습에 달빛이 내려앉았다. 중기는 잠시 그 모습을 바라보다 시선을 돌렸다. 해인은 달을 향해 속삭였다. 언젠가는 두 사람의 이야기가 시작되기를 은은히 빛나는 달을 향해 고백했다. 어쩌면 중기의 마음 한구석에도 무언가 싹트고 있을지도 모른다는 희미한 바람이 일었다. 달빛은 해인의 소망을 들은 듯 따스하게 반짝였다. 중기가 자리에서 일어나 해인에게 다가왔다.

"같이 가요. 밤이 깊었네요."

두 사람은 나란히 교리실을 나섰다. 좁은 골목길을 걷던 중, 해인과 중기의 옷소매가 스칠 듯 말 듯 가까워졌다. 해인은 숨을 가볍게 삼켰지만, 걸음을 멀리하지 않았다. 밤공기가 살짝 스치는 옷소매 위로, 보이지 않는 떨림으로 번졌다. 해인은 모르는 척, 옷소매에 내려앉은 온기를 조심스럽게 품었다.

〈아주 가볍게〉

숨결보다 가볍게
옷자락이 스쳤다.
나는
그 가벼움에 무너졌다.

교리실 불빛 아래를 오가며 중기와 함께했던 시간, 함께
걸었던 그 좁은 골목길의 떨림은 해인의 가슴 한편에 꺼지
지 않는 빛으로 남았다. 아직 시작되지 않은 이야기, 해인은
그 오롯이 자신만의 비밀로 간직한 설렘을 품고 멀지도 가깝
지도 않은 간격을 남겨 둔 채 중기 곁에서 내내 걸었다. 해인
은 그날의 감정을 마음속에 고이 접은 채, 몇 번의 봄과 겨
울을 조용히 지나 보냈다.

오월의 그날, 멈춰 버린 시간

3학년의 5월 18일, 그날은 아주 화창하지 않았지만, 그런 대로 맑은 하늘이었다. 일요일이었지만 학우들과 약속이 있던 해인은 평소보다 일찍 잠자리에서 일어났다. 어머니가 부엌에서 아침을 준비하는 소리가 들렸다.

"이 시간에 어딜 나가니? 일요일인데."

아버지가 신문을 내려놓으며 물었다. 그의 눈에는 걱정이 담겨 있었다.

"학교에 다녀올게요. 친구를 만나기로 했어요."

아버지는 창밖을 한번 보더니 미간을 찌푸렸다.

"일찍 들어와. 요즘 분위기 뒤숭숭해서 아버지 걱정하신다."

어머니의 말에 고개를 끄덕인 해인은 서둘러 집을 나섰다.

골목을 나와 큰길로 접어드는 순간, 저 멀리 흰 연기가 피어오르는 것이 눈에 들어왔다. 뭔가 이상했다. 해인의 심장이 빠르게 뛰기 시작했다. 도로 위로 몇 대의 군용 트럭이 빠른 속도로 지나갔다. 가슴이 움찔 조여들었다. 학교 근처에 다다르니 도로는 군화 소리와 고함으로 가득했다. 군인들은 방패와 총으로 무장하고 있었고, 학생들을 향해 거침없이 달려들었다. 여학생 하나가 휘둘린 곤봉 아래 휘청이며 주저앉았다. 흰옷 위로 번진 붉은 얼룩이 봄날의 양귀비처럼 선명했다.

그날, 그날은 해인이 늘 오가던 거리가 군인의 탈을 쓴 괴물들이 날뛰는 지옥으로 변한 날이었다. 해인은 목구멍이 타들어 갔다. 순간, 나치 독일의 게슈타포가 떠올랐다.

'그들은 우리와는 달랐잖아…. 근데, 이건… 이건 뭐야…'

입안이 바짝 말라붙었다. 학교 정문으로 가는 길은 이미 봉쇄되어 있었다. 해인은 반사적으로 골목 안으로 몸을 숨겼다. 손바닥에 땀이 배었고, 손가락이 미세하게 떨렸다. 숨조차 참고 있는 순간, 바로 앞 골목 어귀에서 짧은 비명이 들렸다. 곧 청년 하나가 군인들에게 팔이 꺾인 채 질질 끌려나왔다. 얼굴은 피로 얼룩졌고, 그 비명은 분명 그의 것이었다. 본능적으로 앞으로 나서려는 순간, 옆에 있던 낯선 아주머니가 그녀의 팔을 낚아챘다.

"안 돼, 학생! 나가면 너도 잡혀."

아주머니의 목소리에는 눌러 삼킨 공포가 묻어났다. 해인은 몸이 그 자리에 얼어붙은 듯 움직여지지 않았다. 머릿속은 복잡한 생각들로 가득했다.

'내가 무엇을 해야 하는 거지? 학교 친구들은 어떻게 되었을까? 그리고⋯ 중기는?'

중기를 생각하니 갑자기 다리에 힘이 들어갔다. 그가 혹시 시위대 속에 있지는 않을까? 그의 성격을 생각하면 틀림없이 가장 앞줄에 있을 것 같았다. 그의 이름을 몇 번이나 마음속으로 부르며 해인은 골목 어귀를 주시했다. 시간이 흐를수록 마음속 불안이 뿌리처럼 퍼져 갔다.

한 시간 정도 골목에서 몸을 숨기고 있다가, 좁은 골목을 따라 이동하기 시작했다. 거리마다 투석전의 흔적이 남아 있었고, 벽에는 '계엄 철폐'라는 글씨가 선명했다. 어디선가 날카로운 총성이 연달아 들렸다. 해인은 즉시 몸을 웅크렸다. 검은 연기가 하늘로 피어올랐다. 누군가의 울음소리가 들렸다.

<사라진 것들>

거리는 찢긴 천처럼
바람에 울었다.

검은 그림자들이
짓밟고 지나갔다.

이름을 잃은 얼굴들이
허공에 부서졌다.
나는 가만히 서 있었다.

사라진 것들의 이름을
차마 부르지 못한 채.

　해인은 떨리는 손으로 주머니에서 손수건을 꺼내 코를 막
았다. 퀴퀴한 화약 냄새와 연기, 어딘가 타들어 가는 냄새가
콧속을 찔렀다.

'중기를 찾아야 해.'

해인은 다급한 마음으로 금남로 방향으로 발걸음을 돌렸다. 시위대가 집결한다는 소문이 들린 곳이었다. 도심은 아수라장이었다. 부서진 신호등 아래 전단지가 흩어져 날리고, 운동화 한 짝이 벗겨진 채 길가에 나뒹굴고 있었다. 시위대와 군인들이 여러 거리에서 팽팽히 대치하고 있었다. 해인은 건물 모퉁이를 돌 때마다 중기의 얼굴을 찾아 시위대를 훑어보았다. 누군가 던진 돌이 머리 위로 날아갔다. 뒤이어 최루탄이 터졌고, 매캐한 연기가 골목을 채웠다. 금남로 입구에 다다랐을 때, 군중 속에서 친숙한 실루엣이 보였다. 해인의 심장이 빠르게 뛰었다. 하지만 가까이 다가가 보니 중기가 아니었다.

유동삼거리에 가까워졌을 때, 야학 선생이었던 4학년 선배와 마주쳤다. 선배의 얼굴은 땀과 먼지로 범벅이었고, 셔츠 소매가 찢겨 있었다. 눈가에는 맞은 자국이 선명했다.

"해인아! 위험해! 너 어디 가는 거야?"

선배가 해인의 어깨를 붙잡으며 소리쳤다.

"선배! 선배는 어디로 가세요?"

"학교는 봉쇄됐다. 너 내일 교회 교리실로 좀 와라. 같이 해야 할 일이 있어. 지금은 돌아가, 집으로."

선배는 해인을 향해 단호하게 말하고 골목 안쪽으로 사라졌다. 해인은 선배에게 무슨 말이든 묻고 싶었지만, 갑자기 울려 퍼진 확성기 소리에 움찔했다.

"불법 집회에 참가한 자는 모두 체포합니다. 즉시 해산하십시오!"

군용 차량이 천천히 거리를 따라 이동했다. 다리가 떨려 제대로 걷기도 힘들었지만, 해인은 군인들을 피해 골목과 골목을 타고 움직였다.

한 골목에서 해인은 몸을 숨기고 지나가는 사람들을 지켜보았다. 피투성이가 된 청년이 다른 청년에게 업혀 가는 모습도 보였다. 청년의 다리에선 피가 흘러내렸다. 어디선가 아이의 울음소리가 크게 울려 퍼졌다. 해인은 중기 역시 저 청년처럼 피투성이가 된 채 어딘가에 쓰러져 있을지도 모른다는 상상에 몸서리가 쳐졌다. 몇 번이나 숨을 죽이고, 몸을 웅크린 채 조심스럽게 움직였다. 어둠이 깊어지고, 거리에는 군인들의 수가 늘어났다.

<오월의 기억>

맑은 하늘 아래
피어난 검은 연기.
짓밟힌 생명들.

누군가의 아들이며 딸이고
누군가의 연인이었던
그들은 이름이 있었다.

오월의 하늘은
그 모든 것을 지켜보았다.
말없이, 그러나 기억하며.

해인은 저녁 9시가 가까워서야 땀에 절어 집에 도착했다. 옷은 먼지로 얼룩져 있었고, 손바닥에는 넘어질 때 생긴 상처가 있었다. 부모님이 식사도 거른 채 기다리고 있었다. 어머니는 해인을 보자마자 달려와 안았다.

"아이고, 우리 딸…."

아버지는 공장문을 닫고, 직원에게도 당분간 출근하지 말라고 지시한 상태였다. 그의 얼굴은 하루 만에 몇 살이나 늙어 보였다.

"해인아, 너 지금부터 한 발짝도 못 나간다."

거리의 참혹한 광경을 직접 목격한 아버지의 목소리에는 분노와 염려가 뒤섞여 거칠게 퍼져 있었다. 그 단호한 말투 속에는 딸을 향한 애틋함과 시대에 대한 절망감이 무겁게 담겨 있었다.

"내가 너 오래비를 어릴 적에 잃고, 자식이라곤 너 하나뿐이다. 지금 이 시국에 어딜 돌아다니는 거냐. 이제부턴 한 발자국도 나갈 수 없을 줄 알아라. 저놈들은 사람이 아니다."

아버지는 해인의 방 창문을 단단히 잠그고, 문 앞에서 숨소리마저 감시하듯 지켰다. 화장실에 갈 때만 마당으로 나갈 수 있었다. 해인은 침대에 누워 천장을 바라보았다. 오늘 본 모든 장면이 머릿속에서 끊임없이 맴돌았다. 그리고 찾지 못한 중기의 얼굴이 눈앞에 아른거렸다.

창밖에서는 간헐적으로 총성이 들려왔고, 멀리서 사이렌

소리가 끊이지 않았다. 해인은 손톱을 물어뜯으며 갇혀 있는 시간을 견뎌 냈다. 거리에서 야학 선배와 마주쳤던 일이 머리에서 떠나지 않았다.

'선배가 날 기다릴 텐데…'

함께하지 못하는 죄책감이 해인의 가슴을 무겁게 짓눌렀다.

방 안에서 라디오를 틀어 보았지만, 뉴스에서는 단 한마디도 광주의 상황에 대해 말하지 않았다.

깨지 않는 꿈

밤마다 해인은 악몽에 시달렸다. 꿈속에서 그녀는 군인들을 피해 골목골목을 헤맸다. 평생 살아온 동네였지만, 길을 찾을 수 없었다. 모든 골목이 낯설었고, 모든 집은 빗장을 걸어 잠갔다. 달리는 곳마다 뒤에서 총소리가 메아리쳤다.

"도와주세요!"

해인은 목이 터져라 외쳤지만, 아무도 대답하지 않았다. 창문들은 모두 어둠에 잠겼고, 오직 군화 소리와 총성만이 그녀를 따라왔다.

"해인아! 해인아!"

누군가 그녀의 이름을 부르는 소리에 해인은 비명을 지르며 깨어났다. 이불은 식은땀으로 흠뻑 젖었고, 숨은 거칠게 내몰렸다. 떨리는 손으로 얼굴을 쓸어내리자, 어머니의 따뜻한 손이 그녀의 손을 감쌌다.

"괜찮아. 꿈이야. 악몽을 꾸었나 보구나."

해인은 무언가 뜨거운 것이 목 안에 걸린 듯한 느낌에 숨을 삼켰다. 말은 끝내 목구멍에 걸려 나오지 않았다. 악몽은 매일 밤 달라졌지만, 공포는 언제나 같았다. 도망치는 꿈, 숨는 꿈, 붙잡히는 꿈. 그리고 항상 깨어나면 마주하는 똑같은 현실. 창문이 잠긴 방, 바깥세상으로부터 차단된 삶.

어머니는 해인의 등을 쓸어내렸다.

"여기 물 좀 마실래?"

해인은 고개를 끄덕였다. 물잔을 받아 들었지만, 손이 떨려 물이 흘렀다. 어머니는 말없이 해인의 머리칼을 쓸어내렸다.

"다시 자려무나. 내일 아침에 네가 잘 먹는 호박죽 끓여 줄게."

어머니가 방을 나간 뒤, 해인은 침대 모서리에 앉았다. 창밖은 어둠에 잠겼지만, 저 멀리 가로등 불빛이 희미하게 보였다. 그 불빛은 손에 닿지 않는 먼 세계처럼 아득했다.

해인은 서랍을 열었다. 노트 한 권을 꺼내 들었다. 중기와 함께 야학에서 만들었던 교재였다. 페이지를 넘기자 '모든 사람은 존엄하다.'는 문장이 중기의 단단한 필체로 박혀 있었다. 해인은 온몸을 뒤덮는 분노와 무력감에 침대 위를 오갔다. 손을 꽉 움켜쥐자, 손톱이 손바닥을 파고들었다.

'나는 왜 그날 도망쳤단 말인가!'

창가에 앉아 해인은 멀리 도시의 불빛을 바라보았다. 숨을 죽인 도시, 닫힌 세상. 해인은 주먹을 풀지 못한 채 긴 어둠을 응시했다. 이날이 평생을 두고 싸워야 할 내면의 전투가 시작된 날임을, 그리고 그 전투가 그녀를 어떤 사람으로 만들어 갈지, 해인은 아직 알지 못했다.

<불 꺼진 창>

닫힌 창문 아래
내 이름을 부르는 소리.

가장 듣고 싶었던
가장 아픈 소리.

잠긴 문, 멈춘 시간

5월 27일 저녁 9시, 시내 전화 통화가 재개되자마자 해인은 중기네 집으로 전화를 걸었다. 신호음만 허공에 메아리쳤다. 아무도 받지 않았다. 해인은 숨을 삼키며 한동안 수화기를 놓지 못했다. 혹시 무슨 일이 생긴 건 아닐까. 불길한 상상들이 줄지어 떠올랐다. 이튿날 새벽, 해인은 부모님 몰래 풍향동 집을 나와 계림동 중기네로 향했다. 평소에 열려 있던 곁문이 굳게 잠겨 있었다. 해인은 잠깐 망설이다 담장에 바싹 다가섰다. 그녀는 발뒤꿈치를 최대한 들어 올리고, 발가락에 힘을 주어 목을 길게 뺀 채 담장 너머를 살폈다. 집 안은 적막했고, 중기 어머니도 보이지 않았다.

그다음 날도, 또 그다음 날도 해인은 중기 집 근처를 맴돌았다. 사흘째 되는 날, 멀리 안채 부엌 쪽에서 인기척이 났다. 중기 어머니가 마당으로 나오는 모습이 보였다. 그녀의 등이 이전보다 더 굽어 보였다.

"어머니 저 해인인데요, 대문이 잠겼네요."

해인의 목소리에 중기 어머니가 천천히 고개를 돌렸다. 어머니의 눈은 충혈되어 있었고, 볼은 깊게 꺼져 보였다. 어머니는 대충 슬리퍼를 꿰찬 발걸음으로 말없이 걸음을 옮겨

대문으로 다가왔다. 열쇠가 딸깍, 소리를 내며 돌아갔다. 문이 열리자, 가까이서 본 어머니의 얼굴은 생각보다 훨씬 수척했다. 어머니는 가볍게 한숨을 내쉬며 떨리는 손으로 흐트러진 머리칼을 정돈했다. 아무 말도 하지 않았지만, 누군가 자신을 찾아왔다는 사실이 그녀의 참혹한 심경에 희미한 위안으로 스며들었다.

어머니가 먼저 툇마루에 힘없이 앉았고, 해인도 조용히 그 곁에 앉았다. 어머니는 두 손을 꽉 쥐어 무릎에 올리고 어깨를 움츠려 올린 채 깊은 한숨을 내쉬었다. 해인은 그녀의 손등에 핀 푸른 혈관과 주름진 손가락을 바라보았다. 평생 살림을 일구고 자식을 기르느라 일해 온 흔적이 가득한 손이었다. 그 손은 쉴 새 없이 밥을 하고, 중기의 머리를 쓰다듬어 왔을 것이다.

"사변 때보다 더하구나. 어째 그때보다 더해."

그녀의 떨리는 목소리에는 끓어오르는 분노와 위로받고 싶은 갈증이 뒤섞여 있었다. 해인은 머리가 잿빛이 된 중기 어머니의 어깨를 조심스레 감쌌다. 위로의 말을 찾을 수 없어 입술만 달싹였다. 해인은 중기 어머니의 손을 가만히 잡았다. 중기에 대한 질문을 목구멍에 묻은 채, 한동안 어머니와 함께 앉아 있었다.

마당 한편에 피어 있는 목련꽃이 바람에 흔들렸다. 중기가 해인의 조심스러운 발걸음을 놀려 대며 "목련 아래를 지날 때는 가만가만 발소리를 죽인다는 시가 있어."라고 말했던 기억이 떠올랐다. 시인은 목련꽃 날아갈까 봐 발소리마저 죽인다고 노래했지만, 바람은 자꾸 꽃송이를 속절없이 흔들었다. 목련꽃 너머로 보이는 하늘은 맑았다. 세상이 무너져도 봄은 왔고, 꽃은 피었다. 그 잔인한 아름다움 앞에서 해인은 눈물을 삼켰다.

해인 안의 소나무

며칠 뒤, 해인은 마침내 중기를 만났다. 여느 때처럼 대문을 열고 마당으로 들어선 해인은 안채를 향해 조심스레 걸음을 옮겼다. 중기가 툇마루에 무기력하게 앉아 있었다. 길을 잃은 방랑자처럼 가라앉은 눈빛으로 음울한 그림자에 갇혀 있었다. 해인의 기억 속에 선명했던 중기의 맑은 미소와 생기는 마치 꿈속의 장면처럼 사라지고 없었다. 해인은 선뜻 달려갈 수가 없었다. 몇 걸음 앞에서 발걸음이 멈춰졌다. 가슴이 뻣뻣하게 굳었고, 말 대신 목울대가 마르게 떨렸다. 이내 마음을 가다듬고 말없이 다가가 그의 옆에 앉았다. 두 사람 사이에 흐르는 침묵이 먼지처럼 내려앉았다. 중기의 얼어붙은 얼굴에서 해인은 무거운 죄책감과 치유되기 힘든 상처를 읽어 냈다.

슬픔의 무게에 눌려 해인은 시선을 발끝으로 떨구고 말았다. 그때 중기의 왼쪽 다리 바짓단 아래로 푸르딩딩한 발목이 눈에 들어왔다. 짙푸르다 못해 군데군데 보라색이 된 살갗은 마치 진한 먹물을 흘려 놓은 듯했고, 아직 스며들지 않은 연고가 희끗 묻어 있었다. 얇은 바지 천 너머로 다리를 감싼 붕대 자국이 뚜렷하게 드러났다. 무슨 말이든 건네고 싶었지만, 목구멍 깊은 곳에서 목소리가 마른 모래처럼 부서졌다.

"많이… 다쳤어?"

해인이 간신히 말문을 열자, 중기는 먼 산을 보듯 허공을 응시하며 잠시 침묵했다.

"난 그저… 그곳에 있었을 뿐이야."

그의 목소리는 메마르고 공허했다. 해인은 자신도 모르게 흘러내린 뜨거운 눈물을 옷소매로 황급히 닦았다. 소리 내어 울지 않으려 입술을 꼭 깨물었지만, 굳은 손끝이 자꾸만 떨려 왔다.

그 순간, 해인의 머릿속에 중기와 마주치길 바라며 인문대학 어간을 서성거리던 볼 발갛던 시절이 떠올랐다. 해인은 늘 인문대학 아치문을 중심으로 양쪽에 나란히 서 있던 여

덟 그루의 소나무에게 인사를 건넸었다. 밑동이 굵고 듬직한 소나무들은 풍성한 가지가 하늘을 향해 춤을 추듯 보기 좋게 뻗어 있었다. 해인은 터벅터벅 걸어가 소나무 앞에 서서 고백했었다.

'오늘도 걔가 보고 싶어 찾아다니다 왔어.'

그러면 소나무는 늘 싱그러운 팔을 벌려 품어 주며 속삭였다.

"네 오가는 걸음을 내가 늘 바라보고 있다. 네 마음을 내가 안단다."

그렇게 소나무에게 말을 건네고 나면 마음이 조금 가라앉곤 했다. 그 소나무가 변함없이 자리를 지키듯, 해인은 소나무에게 고백한 자신의 마음도 한결같음을 깨달았다. 중기를 어떻게 위로해야 할지, 어떤 말을 건네야 할지 몰랐다. 다만 부서진 중기의 곁에 머물기로 마음먹었다. 그 결심은, 해인의 마음에 소나무처럼 굳게 자리 잡았다.

<해인 안의 소나무>

부서진 몸 하나
부서진 마음 하나

나는 뿌리를 박는다.
비바람에 꺾이지 않으려고

네가 흔들릴 때마다
나는 너를 지킬 것이다.

　해인은 먼저 다가가 중기의 차갑게 식은 손을 따뜻하게 잡고, 폭풍이 와도 절대 놓지 않기로 마음먹었다. 그것이 중기를 살리고 자신도 회복하는 유일한 길이라 확신했다.
　세상은 시민들이 직접 겪은 폭력에 시치미를 뚝 떼었다. 해인은 마음 깊이 자리한 분노가 쇠못처럼 박혀 영원히 거둬지지 못할까 두려웠다. 중기를 지켜보는 것이 불안했지만, 자신의 흔들리는 걸음도 얇은 빙판 위를 걷는 것처럼 조마

조마했다. 그러나 휘청거리는 걸음으로 세상을 살아갈 수는 없었다. 해인은 작정하고 중기 집을 제집처럼, 오래전부터 그래 왔던 것처럼 자연스럽게 드나들기 시작했다.

붉은 꽃이 피는 시간

　해인은 가장 먼저 맨드라미와 잡풀이 얼키설키 뒤엉킨 화단을 정리했다. 나무둥치 아래로는 제철을 맞은 채송화와 나팔꽃을 줄지어 심었다. 꽃과 나무, 자연을 좋아하는 중기의 눈길이 잠시라도 부드럽게 머무를 수 있길 바랐다. 오전 방문길에는 직접 내린 커피를 보온병에 담고, 아침에 갓 나온 보드라운 빵을 챙겼다. 끼니때가 되면 부엌을 오가며 중기가 좋아하던 매생잇국을 끓이고, 파를 큼직하게 잘라 넣은 해물파전을 부쳤다. 따듯한 음식을 받아 들고 조용히 먹는 중기를 바라보면, 해인은 마음이 몽글몽글해졌다. 역사 소설을 비롯해 읽을 만할 책을 사서 중기에게 건네기도 했다.
　이 모든 것은 해인이 마음에 가라앉은 돌덩이를 조금씩 내려놓는 방식이었다. 아버지에 가로막힌 핑계로 방에 틀어박혀 있는 동안 중기는 거리에서 부서졌다. 그곳에 함께하지 못했다는 사실이 돌이 되어 해인의 가슴을 묵직하게 눌렀다. 무엇이든 하지 않고는 그 답답함을 견딜 수 없을 것만 같았다.

중기는 해인을 반기지 않았지만, 그렇다고 외면하지도 않았다. 감정을 드러내지 않은 채 카메라를 메고 밖으로 나가거나, 뒷방에 틀어박혔다. 중기가 집에 머무는 날이면 해인은 차를 타서 뒷방에 들르기도 했다. 해인은 졸업하고 중학교 국어 선생이 되었지만, 중기의 세계는 어두운 방으로 더욱 깊이 침잠해 갔다. 그 어둠을 온전히 밝힐 순 없어도, 해인은 조그만 촛불을 켜는 마음으로 중기 곁에 머물렀다.

중기 어머니에게 해인은 아련한 희망의 실마리였다. 어머니는 아들이 평범한 일상을 되찾기를 바라는 마음에 조급해하고 있었다. 그 조급함 속에는 막내아들이 사람 노릇이나 하며 살아갈 수 있을지에 대한 불안이 웅크리고 있었다. 속내를 꾹꾹 눌러놓았지만, 그 조급함이 혹여 중기에게 스며들까 마음을 놓지 못했다. 오히려 감정을 감추느라 별일 없었다는 듯 예전처럼 목소리 높이며 집 안을 오갔다. 그러다 부엌으로 들어가던 발을 멈추고, 아들의 눈은 피한 채 낮은 목소리로 말했다.

"나갈 땐 모자 잘 챙겨라. 얼굴 탄다."

중기는 대답하지 않았지만, 문을 나서며 모자를 챙겼다. 그게 어머니의 말에 대한 유일한 대답이었다.

중기 어머니는 해인의 방문을 훈훈하게 받아들였다. 어쩌다가 중기와 해인이 말이라도 주고받으면 중기 어머니는 표정을 감추고, 귀를 쫑긋 세워 엿들었다. 가끔 해인을 향해 뿌듯한 표정으로 말했다.

"중기 편히 지내라고 내가 사람 시켜 여길 싹 고쳤다."

그 말에는 공치사를 건네고 싶은 마음과 막내아들을 향한 애잔함이 아련하게 배어 있었다. 해인이 중기의 집을 나서며 돌아본 마당에는 새로 심은 채송화가 빨간 꽃잎을 활짝 피우고 있었다. 해인의 마음에도 붉은 꽃이 만개했다.

흔들리는 눈빛

중기는 하루가 멀다고 카메라를 품에 안고 산과 강을 누볐다. 어릴 적부터 산은 그의 놀이터이자 안식처였다. 산을 오를 때면 일행이 몇이든 가장 앞에서 날아다니는 산 다람쥐였다. 누나들이 막내 중기를 따라가다 주저앉아 버린 일도 있다고 했다. 고등학생 시절에는 슬리퍼를 신고 무등산 정상까지 올랐다는 과장된 무용담이 가족들 사이에 전설처럼 전해졌다.

다리가 불편해진 뒤에도 중기는 예전의 날쌘 다람쥐 시절보다 더 자주 산을 찾았다. 말없이 카메라를 메고 나가면 저녁이 되어야 돌아왔다. 때로는 며칠씩 들어오지 않기도 했다. 집에 머물 때면 뒷방에 틀어박혀 세상과의 접점을 끊은 채 시간을 흘려보냈다. 학교로 돌아가지 않았고, 일도 하지 않았으며, 사람도 만나지 않은 채 이 년 여를 그렇게 보냈다.

중기의 침묵이 길어지고 슬픔이 짙어질수록, 해인의 마음도 더 깊은 골짜기로 빠져들었다. 강하게 손을 잡아 주고 싶었지만, 해인의 손도 가라앉지 않은 분노로 여전히 떨렸다.

해인은 싱그럽던 중기의 미소를 떠올릴 때면 가슴에 가만히 통증이 번졌다. 그 미소는 오래된 사진처럼 색이 바래 희미해져 버렸다. '이대로 무너지게 둘 순 없어'라는 외침이 마음 깊은 곳에서 올라왔지만, 그를 향한 말은 끝내 목구멍을 넘지 못했다.

보다 못한 중기 어머니는 결국 맏형 정기에게 구조를 요청했다. 집안 모두가 어려워하는 맏형 정기가 집을 찾았다. 그는 중기 앞에 앉아 무겁게 입을 열었다.

"약국 뒤 목재상에서 내가 목재를 사다 그놈들이 찍고 간 문짝을 수리했다만, 그 문만 봐도 아직 가슴이 덜컥한다. 너야 오죽하겠냐. 저간의 사정이야 말해 뭐 하겠냐만, 어머니를 생각해서라도 학교는 마쳐야지."

중기는 정기의 말을 거역한 일이 없었다. 그러나 그날은 달랐다. 가슴속에 맺힌 말이 목구멍까지 차올랐지만 끝내 내뱉지 못했다. 흔들리는 눈빛만이 그의 마음을 말해 주었다. 옆방에서 이 모든 말을 듣고 있던 어머니는 바느질하던 손을 잠시 멈추었다. 실 한 가닥을 천 위에 덜렁 올려 둔 채 조용히 입을 열었다.

"그 험한 말을… 어떻게 꺼내겠어."

정기가 떠난 후, 집 안은 다시 고요에 잠겼다. 중기는 아무 말 없이 뒷방으로 들어갔고, 방문이 조용히 닫혔다. 해인은 부엌에 앉아 미지근해진 보리차 잔을 멍하니 바라보았다. 그날 저녁 식사 뒤, 중기는 오랜만에 마당에 나왔다. 감나무 옆에 서서 묵묵히 어둠이 깔리기 시작한 하늘을 한동안 올려다보았다. 집에 돌아가려고 나선 해인은 그 정적 속에서 희미한 움직임을 감지했다. 아주 작고 느린 것이었지만, 오래된 침묵 속에 작은 균열이 생긴 듯한 느낌이 들었다.

네 돌을 함께 던지려 해

7월, 지면에서 습기가 피어오르던 저녁나절, 해인은 복숭아 봉지를 들고 중기의 집을 찾았다. 마당에 높이 솟은 백목련 아래서 손부채질로 땀을 식히는데, 중기가 뒷방에서 나와 안채로 향했다. 부채질하는 해인을 흘긋 보고는 말없이 자기 방으로 들어갔다. 해인은 툇마루 끝에 앉아 조심스레 방문을 열고 안을 들여다보았다. 중기는 열린 옷장에서 셔츠를 꺼내 바닥에 툭툭 던지고 있었다.

"중기, 너… 다 저녁에 어디 가려고?"

"어. 며칠 강진에."

해인은 중기에게서 눈을 떼지 않은 채 입술을 굳게 다물었다. 그녀는 옷가지를 챙겨 나오는 중기를 천천히 따라 뒷방으로 갔다. 문턱에 몸만 들이밀고, 책상 위에 흐트러진 모자와 카메라 그리고 렌즈들을 바라보았다. 그것은 중기가 세상과 맞닿는 유일한 창이자, 동시에 숨어 버리는 문이기도 했다.

"넌 왜 자꾸 사라지니?"

해인의 목소리는 작았지만 단호함이 묻어났다. 중기는 멈칫하더니, 낮은 음성으로 대꾸했다.

"진작 사라졌어야지…"

억지를 부리는 중기의 말투에서 해인은 그가 짊어진 죄책감의 무게를 읽었다. 그녀는 깊이 숨을 들이쉬고, 감정을 누른 채 차분히 말했다.

"네 마음을 찌르는 돌이 있다면, 내 마음에도 무거운 돌이 있다. 그걸 넌 지고 가려 하고, 난 던져 버리려 해. 그게 우리의 차이지. 근데 난 네 돌도 내가 같이 던져 버리고 싶어."

"돌이라면… 계곡을 지키는 돌들이 예쁘지. 나무 발치에서 물소리를 들으며, 이끼를 벗 삼아 저마다의 모양대로 함께 어우러져 살잖아. 난 그 옆에 부서져 흩어진 작은 돌 쪼가리도 못 돼."

중기의 눈빛에 깊은 자괴감이 어렸다.

"알아들으면서 능청 떨지 마. 돌 쪼가리도 돌이야. 아무도

인공으로 만들지 못하는 하나뿐인 존재야. 『이방인』에서 사형을 앞둔 뫼르소에게 사제가 찾아와 한 말이 있어. '감옥의 돌 하나하나에도 하느님의 얼굴이 있다'고. 쪼가리라도 우리가 돌이면 영광이지. 우리 마음에 지고 가는 이 가짜 돌이 문제야."

"지고 가는 나도… 힘들어."

중기가 가방에 카메라와 수첩을 챙기며 건성으로 답했다.

해인은 더 이상 기다릴 수 없는 순간을 맞은 듯, 오래 참았던 말을 꺼냈다.

"나 더는 네 꼴 못 봐 주겠다. 부모님 허락받고, 나 이 집으로 올 거야."

뜻밖의 선언에 중기는 눈을 둥그렇게 뜨고 해인을 바라보았다. 그는 마음의 진동을 가라앉히려 깊은숨을 내쉬며 말했다.

"내 꼴은 내가 알아서 해. 말도 안 되는 소리 하지 말고, 오늘은 그만 가."

손을 휘저으며 문을 닫아 버렸다. 그러나 문을 향해 해인은 또렷하게 말했다.

"나 오늘 너에게 '그러자'는 말 듣기 전까지 안 가. 이 자리에서 한 발짝도 안 움직일 거야."

문 너머로 둔탁한 한숨 소리가 새어 나왔지만, 해인은 결심이 흔들리지 않았다. 한여름이었지만 밤공기가 점점 차가워졌고, 풀벌레 우는 소리가 고요한 밤을 채웠다. 해인은 닫힌 문에 등을 기대어 바닥에 주저앉고, 눈을 감았다. 그 여름 저녁, 해인은 정지된 기다림에서 나와 중기의 마음 한가운데로 발걸음을 옮겼다.

〈문을 두드리지 않고〉

닫힌 문 앞에
내 마음도 앉았다.

두드리면 깨질까 봐,
부르면 흩어질까 봐,

그 문 너머,
너의 침묵 속으로
조금씩 내 마음을 옮긴다.

폭포수 쏟아지던 날

해인은 작은 체구에 가무잡잡한 피부, 새카만 머리카락과 눈썹으로 매우 또렷한 인상을 지녔다. 작정한 듯 앉아 있는 그녀의 표정은 한층 더 강렬했다. 나가려던 중기는 문을 닫고 들어가 버렸고, 해인은 그 자리에 앉아 밤을 꼬박 새웠다.

이튿날 새벽, 아침 준비로 나온 중기 어머니는 툇마루에 놓인 해인의 가방을 발견했다. 뒤뜰로 돌아가 문 앞에 앉은 해인을 보았다.

"아니, 이게 뭔 일이다냐?"

중기 어머니는 해인을 덥석 안았다. 밤이슬 맞은 해인의 몸이 차가웠다. 중기 어머니의 가슴에 뭉클함이 밀려왔다. 사정을 모를 리 없는 그녀는 그 순간 몇 년째 한결같은 해인에 대한 마음의 결정을 내렸다.

중기 어머니는 몸과 마음이 성하지 않게 된 막내아들이

이 세상을 어떻게 헤쳐 나갈 수 있을지 막막했다. 큰아들이 간곡히 설득했지만, 학교로 돌아갈 기색도 보이지 않았다. 만일 중기가 가정을 이루고 아비가 된다면, 중기 어머니는 세상 모든 짐을 내려놓고 떠나도 그리움이 남지 않을 것 같았다. 그런 일을 가능케 할 사람은 해인뿐이라는 확신이 들었다.

중기 어머니가 뒷방 문을 벌컥 여니 중기는 대나무 안락의자에 눈을 감고 누워 있었다. 어쩌면 그도 해인처럼 밤새 잠들지 못했을지도 몰랐다.

"중기 너, 나 좀 보자."

어머니는 중기 옆에 쪼그리고 앉아 오랜만에 진지한 말문을 열었다. 예전에 괄괄했던 목소리는 이제 힘이 빠져 가라앉아 버렸다.

"중기 너, 그만 해인이 받아들이거라. 몇 년을 저리 한결같은 사람이 어디 있겠냐. 저런 마음은 받아 줘야 하는 거다. 내가 사라지고 싶을 때마다 붙잡아 준 아이다."

어머니의 말은 꾸짖음이 아니라 오랜 시간을 지켜본 진심이었다.

"사실 서방 각시는 데려오지 않는다는 말도 있어 처음엔 좀 탐탁지 않았지만, 사람이 저리 진국이면 된 거지 뭘 더 보겠냐. 그리고 중학교 선생이니 그만하면 괜찮다 싶다."

중기는 아무 말도 하지 못했다. 눈꺼풀 아래로 조용히 파문이 일었다. 마음 어딘가가 조용히 무너져 내리는 소리가 들려왔다.

중기에게 해인은 지리산 자락에서 만난 구룡폭포였는지 모른다. 지친 걸음을 멈춰 서게 하는 시원한 물줄기, 해인은 중기에게 그런 사람이었다. 한결같이 쏟아지는 폭포의 물줄기를 막을 수 있는 사람은 없었다. 중기는 어머니와 해인의 기대에 끌려 마치 운명인 것처럼 결혼이라는 울타리로 들어갔다. 해인은 중기를 사람들의 시선을 받으며 걷게 하고 싶지 않았다. 그래서 신랑 입장은 없었다. 초겨울의 차가운 바람이 옷깃을 파고들 무렵, 그녀의 고집으로 직계 가족만 모여 사찰에서 전통 혼례를 치렀다.

바람에 실려 보낸 말

어머니는 해인에게 살림을 모두 넘기고, 맏아들 정기의 집으로 거처를 옮겼다. 새출발을 앞둔 해인에게 어머니는 담담히, 그러나 정을 담은 말투로 당부했다.

"너희끼리 잘 살면 된다. 나는 부담 주고 싶은 마음 눈곱만큼도 없으니, 나한테는 일절 신경 쓰지 마라. 중기 혼사까지 치렀으니 이젠 죽은 영감 앞에 당당하다."

신혼여행에서 돌아온 해인이 이바지 음식을 들고 정기의 집을 찾았을 때 건넨 말이었다. 어머니의 목소리에는 삶의 큰 숙제를 해낸 사람의 평온함이 담겨 있었다.

중기의 가족들은 모두 해인을 따뜻하게 대했다. 큰집에 모일 때면 해인보다 한참 손위인 두 시누이는 다정한 목소리로 해인에게 인사를 건넸다.

"자네가 수고가 많네."

그 말에는 묵묵히 중기를 챙기는 해인에 대한 고마움과 미안함 그리고 다행스러움이 뒤섞여 있었다. 어머니는 자신의 젊은 날이 머물러 있던 부엌과 마당이 언뜻 떠오를 때마다 잠시 허전해지곤 했다. 하지만 그녀는 해인을 식구로 맞이한 일등 공신이 자신이라는 자부심도 함께 느꼈다.

"우리 집에 해인이 들어온 건 복이지, 복이야."

어느 날 저녁, 어머니는 다듬던 나물을 손에 쥔 채 중얼거리듯 말했다. 정기 아내는 그 말을 들은 척도 하지 않았지만, 그녀 역시 고개를 끄덕끄덕하였다.

가족으로 정착한 해인은 교직을 내려놓고 다시 하숙집을 꾸리기 시작했다. 대학가와 가까운 중기네 집은 하숙집으로 목이 좋은 곳이었다. 그녀는 먼저 집부터 손보았다. 마당 수돗가를 정비해 알루미늄 창고를 세우고, 샤워 시설과 세탁 시설을 갖추었다. 처음엔 도배와 페인트칠만 하려 했으나 일이 점점 커졌다. 식사 준비를 도울 아주머니도 구했다. 마당 쪽 화장실이 두 개라 불편이 없을 듯하여 남녀 하숙생 모두를 받았다.

분주히 오가는 해인에게 중기가 드물게 말을 건넸다.

"하숙을 접고 세를 놓지 왜 사서 고생을 해. 경험도 없는 사람이 어떻게 하려고."

수돗가를 정리하던 해인은 손을 멈추지 않은 채, 바람결에 실려 보내는 말처럼 조용히 읊조렸다.

"더는 사람을 사랑할 수가 없게 된 내가… 어떻게 교사를 할 수 있겠어."

해인은 정지 화면처럼 한동안 쪼그리고 앉아 있다가 다시 일어나 움직였다. 그녀의 말에 담긴 의미를 감지했는지, 중기는 더 이상 아무 말도 하지 않았다.

해인은 야학에서 학생들을 만나며 이렇게 평생 살아도 좋겠다고 결심했었다. 나이 차이가 얼마 나지 않는 노동 청소년들이었지만, 그들을 위해 할 수 있는 일이라면 무엇이든지 하고 싶었다. 그것은 솟구치는 사랑이었고, 가르치는 기쁨이었다. 그 사랑과 기쁨으로 해인은 밥이 맛있고, 공부의 즐거움에 빠졌었다. 하지만 거리에서 총성이 울린 날 이후, 해인이 걸으려던 길은 허공으로 부서져 버렸다.

해인의 구원

중기와 벗들이 교정에서 사라졌어도 해인은 학생들을 사랑하는 교사로 살겠다는 일념으로 학업을 마쳤다. 하지만 정식 교사가 된 그녀에게 어린 학생들과 마주하는 일상은 무거운 고역으로 다가왔다. 칠판 앞에 서면 아이들의 맑은 눈동자가 마음을 무겁게 했다. 분필을 쥔 손에는 땀이 배어 미끄러졌고, 숨 쉴 때마다 가슴 언저리가 답답하게 막혔다. 창밖으로 스며드는 햇살은 교실 바닥에 환한 물결을 드리웠지만, 해인은 그 빛마저 흐릿하게만 느꼈다.

10대 학생들의 세계는 가족, 친척, 학교, 학원, 동네 등에서 사회와 국가, 세계로 끊임없이 확장되고 있었다. 해인은 자신 안에 없는 세상에 대한 사랑을 아이들에게 심어 줄 수 없었다. 오히려 세상의 거짓됨과 인간의 잔인함을 고함쳐서라도 가르쳐 주고 싶었다. 불의 앞에서 침묵하지 말라고, 모두가 침묵할 때 그 침묵이 곧 죄가 될 수도 있다고 말해 주고 싶었다. 해인은 혹독하게 체험한 진실을 뒤로한 채, 하루하루 가면을 쓰고 교단에 섰다. 그 가면 뒤에서 해인의 얼굴은 점점 누렇게 변했고, 소화 불량에 시달렸다. 점심시간이면 물 한 모금 넘기기도 버거웠다. 속은 불덩이처럼 달아올라 있었고, 미처 삼키지 못한 한숨이 가슴 언저리를 뜨겁게 맴돌았다.

간신히 일과를 마친 뒤, 해인은 커다란 가방을 어깨에 걸치고 골목길을 빠르게 걸었다. 늦은 오후의 골목에는 가로등 불빛이 엷게 들어왔고, 식은 바람이 뺨을 스치고 지나갔다. 발걸음은 천근처럼 무거웠지만, 중기가 기다릴지도 모른다는 희망 하나로 걸음을 옮겼다.

그렇게 해인은 매일 중기에게 달려갔다. 괴로워서, 미안해서 그리고 사랑해서 달려갔다. 중기는 해인에게 아직 자신이 사랑할 수 있는 존재임을 일깨워 주는 유일한 사람이었다. 그를 놓친다면 해인은 자신이 세상에서 가장 쓸쓸한 악인이 될 것 같았다. 그녀에게 사랑이 없는 사람은 세상에 쓸모없는 존재일 뿐 아니라 악한 자였다.

중기와의 결혼으로 해인은 자기 안에 남은 유일한 사랑을 지켰다. 그러나 교단에 서는 짐은 내려놓았다. 모두가 만류한 사직이었지만, 해인은 어린 학생들 앞에서 위선을 떨지 않아도 되는 자유를 누리며 홀가분했다. 무채색의 헐렁한 옷을 입고 흐린 날씨에 그림자 같은 모습으로 학교를 오가던 해인은 생기를 되찾았다. 파마도 염색도 한 적 없는 그녀의 머리칼은 햇살 아래 반짝였고, 숱 많은 검은 머리는 비단처럼 부드럽고 풍성하게 흘렀다. 해인의 발걸음은 봄볕에 움튼 새싹이 바람에 춤추듯 가볍고 경쾌했다.

노인의 살림살이였던 집 안은 해인의 손길을 거치며 구석구석 정돈되고 빛이 났다. 창틀에 쌓인 먼지를 닦고, 누렇게 바랜 커튼을 바꿔 달아 햇살을 불러들였다. 화단에 꽃을 심고, 작은 화분도 들였다. 마당에 널린 빨래에서는 햇살 냄새가 났고, 부엌 창 너머로 찻물 끓는 소리가 부드럽게 흘러나왔다.

해인은 학교보다 이 집에서 기분 좋은 에너지를 받았다. 자기 안에 사랑을 확인시켜 주는 중기가 있는 공간이었기 때문이다. 모든 사랑을 쏟아부을 수 있는 곳, 이곳은 해인이 다시 살아난 구원의 장소였다.

모퉁이 돌

중기는 여전했다. 불현듯 사라졌다가, 다시 뒷방에 틀어
박혔다. 집 안의 이런저런 소음이 귀에 닿아도 먼 메아리처
럼 반응이 없었다. 하숙집 살림에는 무심했지만, 식물을 사
랑하는 중기는 마당의 나무와 화단의 꽃들은 정성껏 돌보았
다. 때맞춰 비료를 주고, 약을 치며, 배수가 원활하도록 흙을
손질했다. 겨울이면 가마니를 덮어 두었다. 때로는 사다리에
올라 큰 가위로 가지를 다듬었는데, 그것은 중기가 위험을
감수해야 하는 작업이었다. 담벼락 아래 자생하던 나무와
꽃들이 어느새 정원이라 불릴 만큼 정돈되었다. 식물을 돌보
는 중기의 모습을 바라보며, 해인은 멈춰 버린 그의 시계가
더디게나마 다시 움직이기 시작했음을 느꼈다.

하숙집을 한다는 말에 중기 어머니는 걱정을 내비쳤다.

"세를 놓으라니까 뭐 하러 교직까지 버리고 하숙을 치냐?

중기나 잘 돌보면 그만인데."

그녀는 며느리가 가장으로 견뎌 내는 고단함을 누구보다 이해했다. 하지만 분명치 않은 서운함과 염려가 그녀의 마음에 실타래처럼 얽혀 있었다. 그 얽힌 실타래는 중기에게 소홀해질까 하는 불안으로 종종 풀려나왔다. 해인은 어느 집이나 시어머니는 그러기 마련이거니 했다. 중기 어머니의 걱정은, 결국 자신이 중기를 사랑하는 마음과 닮아 있다는 걸 해인은 이해했다.

집 안의 모퉁이 돌은 이제 해인이었다. 모퉁이 돌로 모든 무게를 감당하며 자신의 자리를 지켜 나갔다. 사방에서 오는 무게를 묵묵히 받아 내며, 해인은 중심을 잡아 갔다. 중기의 무거운 침묵과 회피, 시댁과 친정 식구들의 우려와 사랑, 하숙생을 돌보는 일, 세상이 강요하는 침묵과 거짓, 그 모든 것을 받아 내며 해인은 자신의 자리를 지켰다. 그녀는 모퉁이 돌처럼 집 안 구석에 웅크리고 있었지만, 그 자리에서 이 집을 단단히 세우고 있었다.

<모퉁이 돌>

보이지 않는 곳에서
모든 무게를 감당하며
집의 중심이 되었다.

어깨에 실린 세상이
무겁게 느껴질 때마다
나는 조금씩 더 단단해졌다.

빛과 바람 사이의 증기

●

느린 대화

광주에 도착했을 때, 석양은 하늘 끝자락에 걸려 있었다. 부드러운 주황빛이 도시의 윤곽을 어루만졌고, 종일 걸어온 발끝에는 무거운 피로가 내려앉았다. 중기는 여느 때처럼 신 씨의 사진관으로 향했다. 붓글씨체로 〈우리사진관〉이라 적힌 소박한 나무 간판이 친근해 발을 들이게 된 사진관이었다. 신 씨는 중기보다 서너 살 어린, 삼십 대 초반으로 보였다. 농가 출신이라고 했지만, 사각의 은테 안경과 단정한 셔츠 차림이 도시 사람처럼 깔끔했다. 문을 열고 들어서자 라디오에서 희미하게 흐르는 올드 팝송이 귀를 간질였다. 부드러운 기타 선율이 오래된 필름처럼 실내를 감쌌다

신 씨가 안경테를 올리며 가벼운 미소로 인사를 건넸다.

"작가님, 오셨어요. 오늘은 어디 다녀오셨나요? 지난번 맡기신 사진은 여기 있습니다."

신 씨는 중기를 '작가'라고 부르는 유일한 사람이었다. 듣기에 멋쩍었지만, 군이 고쳐 주기가 번거로워 그냥 듣기로 했다.

"아, 예. 그냥 여기저기요. 이것도 6×8배판으로 부탁드립니다. 혹 신 선생 보기에 망가진 게 있으면 빼도 좋아요. 가끔 수평을 잘 못 맞춰서…."

"아이고, 작가님 작품을 제가 임의로 그러면 쓰나요. 망했다고 생각한 사진이 오히려 독특한 작품이 되기도 합니다."

중기는 신 씨가 사진을 꼬박꼬박 '작품'이라고 칭하는 것도 부담스러웠다. 하지만 자신보다 먼저 사진을 들여다보는 사람이기에, 그것도 그저 들어 넘겼다.

몇 번 들른 사진관에서, 중기가 신 씨에게 처음 말을 건 계기는 벽에 걸린 소 사진 때문이었다. 사진관 바깥 유리장에는 색이 바랜 단체 사진과 증명사진이 듬성듬성 걸려 있었다. 사진 솜씨를 자랑하기보다는 오래 묵은 자취를 내보이는 풍경이었다. 하지만 유리문을 열고 안으로 들어서면, 카운터 옆 벽면 한가득 여러 크기의 누렁소 사진이 가득했다. 소의 귀털과 속눈썹은 물론 콧잔등의 솜털까지 선명하게 잡은 사진들이었다.

좀처럼 남에게 먼저 말을 걸지 않는 중기였지만, 소의 순한 눈망울이 중기 마음을 무장해제 시켰다.

"소를 많이 찍으셨네요."

필름을 건네며 조심스레 말을 건넸다. 신 씨가 벽을 바라보며 싱긋 웃더니 말했다.

"소의 맑은 눈에는 무조건적인 신뢰가 담겨 있죠. 사람들이 그걸 지키지 못하니 미안해서⋯ 사죄하는 마음으로 만나고 다녔어요."

"사람과 신뢰는⋯ 서로 만날 수 없는 단어입니다."

중기의 말에 신 씨가 가벼운 눈웃음으로 동의의 뜻을 보였다.

신 씨는 소와의 인연을 이야기했다.

"어릴 때 우리 집은 순천 시골의 소농가였어요. 많을 때는 100두가 넘었지만, 대략 70~80두 정도였던 것 같아요. 저는 그저 볏짚이나 콩깍지를 깔아 주며 소와 정을 들었어요."

신 씨의 표정과 목소리는 추억을 더듬으며 점점 부드러워졌다.

"소똥 냄새가 코를 찔렀지만, 누렁소의 눈을 들여다보면 세상의 모든 시끄러운 소리가 하나도 들리지 않았어요. 먹는 게 귀여워서 영양 간식이라며 볏짚을 갖다 먹이기도 했어요. 한참 어루만지고 가다가 돌아보면 소가 제 뒷모습을 멀끔히 바라보고 있었어요. 학교에서 돌아와 우사를 향해 걸어가면 벌써 제 발소리에 음메음메 하며 기다리기도 했어요."

"그러셨군요. 저는 소 눈망울을 보면 코끝이 찡합니다."

"백 퍼센트 순수로 채워진 눈망울이죠. 그런데 제가 중학교 갈 때, 고등학교 갈 때, 아버지가 매번 소 한 마리씩 끌고 나가 팔았어요. 아버지 손에 이끌려 가던 소 눈망울을 지금도 잊지 못해요. 너무 미안해서 방에 들어와 이불 뒤집어쓰고 밤새 울었지 뭡니까."

신 씨의 눈가에 그림자가 깃들었다.

"학교 졸업하고 미안했다고 말하고 싶어서 소를 보러 다녔는데, 그 선하고 순수한 모습을 남기고 싶어 사진까지 배웠어요. 그러다 보니 사진관을 업으로까지 하게 되었네요, 허허."

중기는 말없이 끄덕이며 그가 꺼내 놓는 이야기에 공감하는 표정으로 묵묵히 들었다.

"사진 찍는다는 핑계로 전국 방방곡곡을 돌아다녔어요. 처음에는 만나는 소마다 사죄하려는 마음이었어요. 주어진 숙명에 순응하다가 소리 한번 내지 못하고 사라지는 소들을 사진으로라도 붙들고 싶었어요. 소를 통해 세상의 침묵과 슬픔을 마주하다 보니 언젠가부터 사람들에게로 시선이 옮겨졌죠. 저마다의 생을 품고 살아가는, 그 조용한 이야기도 카메라에 담고 싶어졌어요. 소도 찍고, 사람도 찍고…. 몇 년을 그러고 돌아다녔어요. 사진관 벽에 인물 사진을 걸어 놓기는 조심스러워서, 제 영혼의 친구인 소 사진과 벗하며 근무합니다."

"아, 그러셨군요. 이제는 안 다니십니까? 늘 여기 계신 것 같아서."

"예에. 몇 년을 그러고 돌아다녔는데, 부친이 쓰러져서 더 놀고먹을 수 없게 되었어요."

"저런. 어르신 건강은 어떠신지요?"

"돌아가셨어요. 제가 알게 되었을 때 이미 늦었었어요. 다른 사람들의 눈빛은 촬영하고 다니면서 정작 병세가 깊었던 아버지의 눈빛은 읽지 못했던 거죠."

그 말을 듣자 중기의 마음에 어머니의 눈빛, 해인의 눈빛이 순식간에 스쳐 지나갔다. 마음이 아렸다.

신 씨는 한참 침묵하다가, 카운터 뒤쪽에 걸린 사진들 사이로 손을 뻗었다. 조심스럽게 한 장을 꺼내 중기 앞에 내밀었다.

"이 사진, 제일 아끼는 거예요."

사진 속에는 작은 소 한 마리가 낮게 엎드려 있었다. 짙은 겨울 안개 속, 소의 숨결이 하얗게 피어오르고 있었다. 콧잔등에 맺힌 투명한 이슬 한 방울이 아슬아슬하게 빛났다. 주변은 온통 희뿌연데, 소의 눈만은 또렷하고 맑았다.

중기는 그 눈을 오래 바라보다가 조용히 물었다.

"저 때… 소가 울었나요?"

신 씨는 고개를 저었다.

"아니요. 울지 않았어요. 그냥… 조용히 숨 쉬었어요. 세상이 무너져도 자기 숨을 쉬는 일, 그게 생명의 힘이더라고요."

신 씨의 목소리는 낮고 단단했다. 중기는 사진을 내려다보며 이유를 알 수 없는 따뜻함과 아릿함이 동시에 번지는 것을 느꼈다.

중기는 사진을 바라본 채 잠시 말을 멈추었다. 분위기를 바꾸려는 듯 신 씨가 물었다.

"그러고 보니 선생님 사진에는 사람이 없습니다? 일부러 그런 건가요?"

"자연은 태초부터 지금까지 지어진 섭리대로 그대로인데, 거기 사람이 끼어들면 죄다 망쳐 놓지 않습니까."

너무 단호한 말투가 멋쩍어 중기는 얼른 표정을 부드럽게 고쳤다.

중기와 신 씨가 현상한 사진을 놓고 이야기를 나누는 시간이 조금씩 길어졌다. 중기는 사진을 놓고 그와 나누는 묘한 소통이 좋았다. 유리 탁자 위에 펼쳐진 사진들 사이로 은은히 풍기는 현상액 냄새와 오후의 빛이 만드는 그림자가 두 사람 사이에 특별한 공간을 만들었다. 신 씨가 가끔 안경을 고쳐 쓰며 사진 속 구도를 설명할 때면 평소와 다른 생기가 돌았다. 중기는 일부러 손님이 드물기 마련인 저녁 시간에 사진관을 방문했다. 인화한 사진을 보며 이야기를 나누는 시간이 길어지고, 내용도 다양해졌다. 말보다 느린 사진, 사진보다 깊은 침묵, 그들은 서로의 이야기를 가만히 바라보는 법을 배워 가고 있었다. 하지만 그 고요 속에, 서로의 삶이 조용히 스며들고 있었다. 말보다 더 깊은 무언가가 그들 사이를 채우고 있었다.

<가만한 대화>

말없이
정지해 있는 순간들 사이로

가느다란 빛의 숨결이
따스히 지나간다.

우리는,
서로를 바라보지 않고도
서로의 시선을 읽어 낸다.

숨 쉬는 꽃

중기가 맡긴 운주사 와불 사진을 건네며 신 씨가 말했다.

"이번 사진은 특별히 선명하게 나왔네요. 빛과 그림자의 균형이 완벽해서 입체감이 아주 잘 살았어요."

중기는 멋쩍은 미소를 지으며 말했다.

"예전엔 한걸음에 오르던 돌계단이었는데, 이번엔 어찌나 가파르게 느껴지는지 진땀을 뺐습니다. 편안한 얼굴로 맞아주시며 시원한 산바람이라도 쐬고 가라 하시더군요."

"아, 돌계단이 가파르기는 해요. 특히 겨울에는 더 조심해야 해요. 그나저나 저는 어릴 적 이 부처를 사진으로 처음 보았을 때, 잠자는 부처인 줄 알았어요."

신 씨가 미소를 지으며 말했다. 사진을 내려다보던 중기가 조용히 말했다.

"저는 누가 일부러 넘어뜨려 놓은 줄 알았었어요. 그런데

막상 가서 보니 누워 있는데 쓰러진 느낌이 없었어요. 오히려… 인간이 지을 수 없는 편안한 얼굴로 누워 있더군요. 천 년 넘게 평화로운 얼굴로요."

중기의 말에 신 씨가 사진 속 와불의 얼굴을 가까이 들여다보며 말했다.

"사진으로만 보다가 직접 보니 생각보다 커서 놀랐어요. 소를 만나 사진에 담고 돌아온 날은 온 날대로 마음이 짠했어요. 그래서 와불을 보러 운주사를 찾았어요. 석불 둘이 하늘을 향해 나란히 누운 모습을 보니 마음이 풀리더군요."

중기가 조용히 말을 이었다.

"이번에 저는 와불이 저렇게 누워 있는 건… 어쩌면 세상을 다 보았기 때문일지도 모른다는 생각이 들었어요. 서 있는 것보다 저렇게 누워 있으니, 세상은 시야에서 사라지고 하늘을 더 멀리 볼 수 있으니까요. 저도 그 얼굴 옆의 작은 돌이라도 되고 싶었습니다."

신 씨가 그 말의 의미를 이해한다는 표정을 지어 보였다. 중기가 다시 말을 이었다.

"부처는 세상을 저리 누워 외면할 수 있을지 몰라도, 사람은 제아무리 외진 곳에 문을 닫고 틀어박혀도 세상과 단절될 수가 없죠. 사람이라면 세상에서 제 몫을 해야 하니까…."

말끝을 흐리며 중기는 깊게 숨을 내쉬었다. 둘 사이에 짧은 침묵이 흘렀다.

신 씨는 카운터에 놓인 사진에 시선을 고정한 채 한동안 움직이지 않았다. 신 씨가 조용히 말을 이었다.

"선생님은 오늘도 당신의 몫을 하셨잖아요. 저는 제 몫이라는 걸 오늘 숨 쉬며 해낸 하루의 일이라고 생각해요. 어떤 사람은 평생 자기가 진정 무엇을 좋아하는지도 모르고 살아가기도 하고, 또는 알아도 할 수 없는 여건인 경우도 많은데."

신 씨의 눈가에 촉촉한 기운이 감돌았다.

"저도 나름 사연이 있지만… 좋아하는 일을 할 기회조차 누리지 못한 사람들을 생각하면, 전 얼마나 행운인가 싶어요. 그래서 지금 이 순간, 숨 쉬며 살아가는 이 일이 제 몫입니다."

말을 마친 신 씨는 부드러워진 눈매로 가벼운 웃음을 지었다. 중기는 고개를 끄덕이며 들었지만, 마주하기 불편한 자신의 현실이 목에 걸려 내려가지 않았다.

"오늘 내가 숨 쉬며 해낸 몫…"

그 말이 귓가에 달라붙어 좀처럼 떨어지지 않았다.

<숨 쉬는 일>

오늘

내가 해낸 몫은

숨 쉬는 일이었다.

바람 한 줄기에도

가만히

감사할 수 있을 만큼.

처연한 꽃을 닮아(동백)

중기가 뒷방에 박힌 날에는 해인의 마음도 흐려졌다. 중기의 얼굴에 자연의 빛을 카메라에 담을 설렘이 묻어나는 날에는 해인의 마음에도 햇살이 들어왔다. 중기는 야외 촬영을 위해 날씨를 따지지 않았다. 어떤 날씨든 그 날씨 아래 펼쳐진 고유한 순간의 자연을 찍을 뿐이었다. 하지만 해인은 매일 일기 예보를 확인하며 맑은 날이기를 바랐다. 궂은 날씨에 자연에 혼자 있는 중기를 상상하면 마음이 아릿했다.

"오늘은 하루 종일 맑은 날씨래. 사진 찍으러 나갈 거지?"

해인이 열린 뒷방 문에 상체를 기울여 들여다보며 말했다. 중기는 대나무 안락의자에 몸을 깊이 묻은 채 그녀를 바라보았다.

"응, 조금 이따 나가려고. 떨어진 동백 보러 백련사에 가 볼까 해."

나지막한 중기의 목소리에는 해인에 대한 연민과 자신도 어쩌지 못하는 그늘이 섞여 있었다.

"김밥 싸 놨어. 보리차 든 보온병도 가지고 가. 꽃샘추위가 매서워."

해인은 김밥과 보온병이 든 가방을 중기에게 건넸다. 이른 봄볕이 중기의 어깨와 머리에 내려앉았지만, 그는 무거운 짐을 짊어진 사람처럼 보였다. 중기의 등을 따라 해인은 슬리퍼 소리가 나지 않도록 조심스레 걸었다. 대문 앞에 멈춰 서서, 봄볕을 가르며 골목을 빠져나가 찻길로 사라지는 중기의 차를 한참 동안 바라보았다.

일주문 옆 오솔길을 따라 올라가 차를 세운 중기는 동백나무 숲으로 먼저 갔다. 반들반들 윤이 나는 진초록 잎사귀 아래, 양귀비 입술 색이 저러했을까 싶은 동백꽃이 무수히 떨어져 있었다. 시들어 물기가 말라 떨어져 버린 꽃이 아닌, 핏기 어린 채 떨어진 꽃송이들이 떨어져 쌓여 있었다. 그 광경에 중기 가슴 한복판이 쿡 찔렸다. 그 느낌이 몸을 털어 버리도록 싫으면서도 슬펐다. 품에서 수첩을 꺼내 적었다.

<떨어진 동백꽃이 아프다>

피를 흘리듯 선연한 꽃잎들
온전한 모습으로 떨어짐이
처연하게 아프다.

바람 한 점 없는 날에도
제 무게를 이기지 못해
소리 없이 떨어진 붉은 영혼들.

서로를 덮은 채
고요히 쌓여 가는 시간.

나도 언제가
그렇게 온전히
아프게 떨어지게 되리라.

만경루 돌계단에 앉으니, 날이 좋아 멀리 구강포 바다가 보였다. 봄볕 아래 물결은 은빛 비늘을 깔고 하늘과 맞닿아 있었다. 백련사길을 나와 다산로를 따라 30여 분 거리에 있는 겨울 철새 도래지로 갔다. 철새는 못 만났지만 방죽에 걸터앉아 잔잔한 바람을 맞으며 김밥을 먹었다. 하늘과 바다의 경계가 선명한 날이었다. 구겨진 마음을 펴는 것처럼, 중기는 천천히 숨을 들이마셨다.

처연한 동백을 마음에 품고 돌아와 사진관에 들러 신 씨에게 필름을 건넸다.

"내일은 섬진강에 가 보려 합니다. 마침 날씨도 좋겠네요."

신 씨가 반색했다.

"아, 섬진강! 한여름에 모래사장을 땀을 뻘뻘 흘리며 걸었던 일이 있어요. 눈물인지 땀인지 구분할 수 없는 물줄기가 얼굴에 범벅이었는데, 지나가던 아저씨가 제 꼴을 보더니 한마디 던졌어요. '저마다 강에 묻는 사연이 많으니, 너도 묻고 가라'고요. 섬진강물 속에는 제 비밀도 흐르고 있답니다."

신 씨가 빙긋 웃었고, 웃긴 이야기도 아닌데 중기도 피식 웃음이 나왔다.

"섬진강가에 서서 귀를 잘 기울여 보겠습니다. 누군가 들어 주면 비밀은 더 이상 비밀이 아니잖습니까. 비밀에서 해방되는 자유를 제가 신 선생에게 선사해 드리지요."

중기가 부드럽게 대꾸하며 가벼운 웃음을 지었다.

섬진강의 바람 속에서(벚꽃)

얼굴을 스치는 바람은 건조했지만, 땅에서 올라오는 훈훈한 습기에는 봄의 온기가 담겨 있었다. 겨우내 무채색이던 마당의 나무들은 가지 끝마다 파르스름한 기운을 품었다. 봄날의 섬진강 일출을 담기 위해 새벽어둠을 뚫고 집을 나선 중기는 침실 습지에 자리를 잡았다. 부드럽게 이어진 산등성이 너머로 첫 빛이 올라오자, 주황빛 물결로 하늘이 물들었다. 물안개가 피어올라 중기의 심장을 더 뛰게 했다. 새로운 날을 열어 주는 아침 햇살 아래 서 있으면서도, 그는 아직 걷히지 않은 어둠을 품은 스스로가 못내 부끄러웠다.

강변으로 내려가 길을 따라 걸었다. 카메라를 어깨에 메고 카메라 가방을 등에 진 채로 발을 옮겼다. 집 안에서보다 더 절뚝거리는 발걸음이 신경이 쓰였다. 봄 햇살이 쏟아진 초록 강물이 잔잔히 반짝였다. 이 길을 지나간 사람들의 숨결이 강물에 녹아 있는 듯했다. 잘못 든 길이어도 어디든 결국 또 다른 길로 이어진다는 생각이 스며들었다.

중기는 어깨에 멘 카메라를 품으로 들어 올려 초점을 맞췄다. 숨을 길게 내쉬고 중얼거렸다.

"내 실력으로는 아무리 노력해도 봄날의 이 섬진강을 담아내지 못하겠다."

다시 렌즈를 들이대어 강물의 빛나는 결을 좇았다. 강물의 아름답고 빛나는 순간을 간직하고 싶었다.

시선을 벚꽃으로 돌려 꽃잎이 눈처럼 쏟아지는 광경을 찍었다. 점퍼 주머니에서 수첩을 꺼내 적어 두었다.

<덧없음의 춤>

때를 따라 우수수 떨어져야 하면
아등바등 애쓰지 말고
그래야 하는 거다.

셔터 속에 담아도

흩날려 사라짐을
붙잡을 수 없다는 걸 안다.

찰나의 아름다움은
그 짧음에 있다.

하얀 꽃비 속에 서서
덧없음을 담는 프레임 너머로

고독한 나의 영혼이
꽃잎과 함께
조용히 춤을 춘다.

　세상은 멈춘 듯 고요했지만, 중기의 영혼은 바람에 섞여 벚
꽃 사이를 떠돌았다. 하얀 꽃비를 맞다 보니 오래전 교정의 벚
나무 아래서 경문, 헌식과 함께했던 봄날이 떠올랐다. 그날,
경문은 열정적으로 손짓까지 해 가며 무언가 열변을 토했는
데, 정작 무슨 말이었는지 기억나지 않았다. 오직 흩날리는 벚

꽃 아래서 손으로 머리를 쓸어 넘기며 하늘을 보고 웃던 경문의 얼굴만 또렷했다. 어딘가에서 경문이 여전히 그렇게 웃음 짓고 있기를 바라는 마음이 스쳤다. 그 순간, 돌 하나가 쿵 하고 심장에 내려앉듯 묵직한 감정이 밀려왔다.

나선 김에 대나무 숲길로 올라갔다. 산업로 아래 좁은 굴을 지나 대나무가 우거진 산책로를 따라 걸었다. 미끄러운 길을 따라 한 걸음씩 옮길 때면 나뭇가지 사이를 헤치고 불어오는 바람이 '솨아 솨' 소리를 냈다. 그 소리에 '임금님 귀는 당나귀 귀'라는 설화가 떠올랐다. 속마음을 외치고 싶어 대나무 숲을 찾았던 이들의 얼굴을 그려 보았다. 그들은 바람에 기대어 대나무처럼 울고, 토로하며 속을 텅 비워 냈을까. 중기는 푸르게 일렁이는 대나무 잎을 올려다보며 중얼거렸다.

"나는 너희들의 절개보다 거침없는 수다가 더 좋다."

한 줄기 바람이 대나무 사이를 헤집고 지나갔다. 중기는 숲 깊은 곳 어딘가에서 아직도 메아리치는 외침을 들었다. 서러

움, 미움, 사랑, 뉘우침, 용서가 바람결에 실려 중기의 가슴을
두드렸다. 그는 유달리 볼펜을 꾹꾹 눌러 수첩에 적었다.

<바람의 증언>

바람이 불면 나무들은 이야기를 한다.
바람이 거세지면
나무들은 더 큰 소리로 이야기를 터뜨린다.
바람은 가슴에 묻어 둔 말을 터져 나오게 한다.

그들의 손아귀에서 부러진 목소리조차
대나무 숲에선 쏴아 쏴 울려 퍼진다.
누구의 귀도 막을 수 없는 진실의 소리.

바람을 타고 흩어지는 외침은
영원히 지울 수 없다.

중기는 가만히 눈을 감았다. 귓가를 스치는 바람 소리 속

에, 잊고 있던 웃음소리와 수다스러운 목소리가 떠올랐다. 더벅머리를 하고 다니던 시절, 몰려다니면서 무슨 수다를 그토록 많이 떨었던가. 그때 우리는 얼마나 가벼웠던가. 어머니는 사내 녀석들이 자발스럽게 무슨 말이 그리 많냐고 놀리곤 했었다. 그 웃음들, 그 말들, 이제는 바람 속 어딘가에서 속삭이는 듯했다. 중기는 조심스럽게 카메라를 들어 올렸다. 그 시절을, 그 웃음들을, 바람 속에만 남겨 둘 수는 없었다. 그 오랜 기억을 쫓아 카메라에 담기로 마음먹었다. 오래전 그날들이 아직도 그곳 어딘가에 남아 있을 것만 같았다. 목젖 언저리에 밀려오는 물컹한 감정을 꾹 누르며 광주로 향했다. 해인이 건네준 보온병에 담긴 커피가 아직 따뜻했다.

진흙에서 피어난 생명(연꽃)

7월, 하숙집은 한산해졌다. 학생 대부분이 고향으로 내려
갔지만, 서너 명은 광주에 남아 있었다. 학년이 올라갈수록
언어나 자격증 공부, 취업 준비 등을 위해 그대로 광주에 머
무는 경우가 많았다. 해인은 방학을 틈타 도배를 새로 하고,
샤워실 실리콘을 교체하는 등 집 안 곳곳을 손봤다. 아침
일찍 중기가 나갈 채비를 하는데, 해인이 손에 전기 모기퇴
치기를 들고 다가와 물었다.

"여기도 문간에 이거 하나 달까?"

"아냐. 그거 달아 두면 수시로 '찌지직' 소리가 나서 영….
모기향을 피워 두면 괜찮아."

해인이 피식 웃으며 물러났다. 중기는 다녀오마는 인사를
건네고, 양산 호수공원을 찾았다.

아침 일곱 시가 조금 넘은 시간인데도 이미 땅에서는 무더

운 기운이 훅훅 올라왔다. 그러나 아침햇살을 받은 청초한 연꽃으로 가득 찬 저수지를 바라보니, 연꽃을 완상하며 삼복더위를 잊었다는 말이 실감 났다. 넓은 호수에 낮게 깔린 초록 잎사귀들 사이사이로 속속 얼굴을 내민 분홍 연꽃을 카메라에 담았다. 중기는 카메라를 어깨에 멘 채 호숫가를 따라 천천히 걸었다.

주변에 설치된 운동 기구에 매달린 사람들의 웃음 섞인 숨소리가 바람에 실려 들려왔다. 작은 정자를 지나 나무 그늘이 드리운 벤치에 앉았다. 발밑 풀잎 사이를 스치는 벌레들의 사각거림, 연못 위를 빠르게 스치는 잠자리의 가벼운 날갯짓 소리가 고요한 공기를 깨웠다. 그 모든 소리가 겹겹이 쌓여, 세상의 분주함을 아득하게 밀어냈다. 중기는 눈을 감고 연꽃과 햇살과 바람 그리고 작은 소리가 섞여 만들어내는 평온 속에 잠겼다.

<고유한 빛>

자연의 모든 생명,
각자의 빛깔로 피어난다.

다 같아 보이는 연꽃도
저마다의 빛이 있다.

너 또한
세상에 단 하나의
너만의 빛을 지닌 생명이다.

글을 쓰고 중기는 수첩을 툭 덮었다. 가슴속 가장 깊은 곳
에서부터 호흡을 끌어올려 길게 내쉬었다.
'들짐승 사냥에 나선 굶주린 맹수 같던 자들도 생명이란
가치를 지닌 자들이거늘.'
중기는 그 모순된 명제 앞에 서면 매번 숨이 턱 막혔다. 땅
속 깊은 곳에서 여전히 끓고 있는 용암처럼 분노가 좀처럼

수그러들지 않았다. 세간에 난무하는 '용서', '화해' 같은 말은 메스껍기만 했다.

'용서란 가해자의 진정한 사과가 전제되어야 겨우 첫발이라도 뗄 수 있는 것 아닌가?'

중기는 속으로 되뇌었다. 희생자는 떨어진 동백꽃처럼 무수히 흩어져 버렸는데, 아무 일도 없다는 듯 무감각하게 흘러가는 세상이 보기 싫었다.

다시 연꽃을 향해 렌즈의 초점을 맞추었다. 탁한 물속 깊이 뿌리를 내려 맑은 샘을 찾아 올라온 연꽃, 어둠을 헤치고 피어난 그 여정이 눈물겹게 아름다웠다. 흙탕물에 잠긴 연꽃처럼, 세상의 혼탁에 휩쓸리지 않고 스스로를 지켜 낸 연꽃 같은 사람들이 있었다. 진흙탕 속에서도 꿋꿋이 빛을 찾아 올라온 생명들. 친구들의 얼굴을 떠올리며 중기는 조용히 중얼거렸다.

"너희들은 세상에 맑은 물이 있음을 보여 준 연꽃이다."

어린 연꽃처럼 볼이 발그레하던 친구들, 10년이 흘러 자신은 세월의 흔적을 안고 늙어 가지만, 친구들의 얼굴은 스무 살의 청년으로 멈춰 있다.

그들의 얼굴을 떠올리며, 중기는 낙조를 찍을 요량으로 순천으로 차를 몰았다. 헌식은 방학 때마다 금풍생이를 먹으러 자기 집에 가자고 했었다. 중기가 먹어 본 일이 없다고 하니 촌사람 취급을 하며 자랑했다.

"서방한테 주기 아까워 몰래 감췄다가 샛서방에게 줬다는 전설의 생선이다."

"그러면 금풍생이를 구우면 샛서방이 있다는 증거잖냐? 그거 큰일 날 생선이다."

"야, 굴비도 울고 갔다는 생선인데, 그걸 너는 아주 삼류 소설로 만들어 버리냐."

킬킬대고 웃으며 서로의 얼굴을 바라보았었다. 경문이 한 술 더 떴었다.

"야! 이 팔자 좋은 녀석들아, 불륜의 현장을 잡든지, 굴비가 울 만한지, 직접 가서 먹자, 먹어!"

햇살이 따스했던 그날의 기억을 떠올리며 중기는 입가에 옅은 미소를 머금었다.

순천만을 지나 굽이굽이 시골길을 따라가자, 바다가 펼쳐
졌다. 한적한 바다 저 멀리 수평선에는 나지막한 섬들이 가
만히 이어져 있었다. 학산해안길을 천천히 달려 굴 작업장
건물 옆에 차를 세웠다. 마을 안으로 들어가니 마을회관이
라는 나무 현판이 붙은 작은 2층 콘크리트 건물이 나왔다.
불이 켜진 마을회관에 유리문을 열고 들어가 보고 싶었다.
헌식이는 아버지 일가친척이 집성촌처럼 한 마을에 모여 산
다고 했다. 마을회관에 그의 부모님도 오갔을 것이다. 유리
문으로 올라가는 낮은 계단의 철제 난간을 손으로 몇 번 쓸
어 보았다.

화포해변으로 발을 돌려 바닷가로 내려가 일몰을 기다렸
다. 짭조름한 바다 내음이 코끝을 간질였다. 낮은 파도가 잔
잔히 밀려들고, 해변에는 조개껍데기와 크고 작은 돌이 흩어
져 있었다. 중기는 수첩을 꺼냈다.

<바다가 깎는 시간>

부서져야 한다. 더 잘게 부서져야 한다.

날카로운 너의 모서리는
파도에 부딪혀 동글동글해져야 한다.
찌르고 모나지 않게
시간의 물결에 닿아
동그란 돌멩이가 되어야 한다.
그렇게 변해 가야 한다.
그렇게 어우러져야 한다.

어느새 바다와 하늘이 타오르는 주황색과 빛나는 황금색
으로 뒤섞였다. 매일 찾아오는 노을이지만 늘 새로웠고, 어
딘가 모르게 신비로웠다. 이 땅의 생명도 그랬다. 날마다 새
생명이며, 그 안엔 헤아릴 수 없는 신비가 깃들어 있었다. 그
날 스러져 간 이들이 끝내 맞이하지 못한 내일을, 그는 이렇
게 또 살아서 마주하고 있었다. 가슴을 저미는 죄스러움이
있었지만, 그 감정조차 생명이 허락한 신비처럼 느껴졌다.
노을은 천천히 물러났고, 바닷물 위에 어스름이 내려앉았
다. 그 고요 속에서 중기는 외면하고 지냈던 평온을 천천히
되살려 내고 있었다.

단풍에서 낙엽으로(단풍)

10월 하순, 마당의 은행나무는 짙은 초록을 털어 내고 황금빛으로 물들었다. 발아래 뒹구는 은행 열매에서 새큼하고 알싸한 냄새가 올라왔다. 한쪽 구석에 자리한 감나무에는 주황빛 열매가 무거운 듯 가지를 휘었고, 그 아래 줄지어 핀 국화는 향기로 마당을 채워 주었다. 며칠 새 얼굴을 스치는 바람이 서늘해졌음을 느끼며, 중기는 카메라 가방을 둘러메고 집을 나섰다.

집을 나설 때는 담양을 들를까도 생각했지만, 곧 마음을 접고 곧장 강천사로 향했다. 평일인데도 단풍철이라 사람이 제법 많았다. 주차장에 차를 세우고 등산로 입구로 들어서니, 단풍 터널로 들어가는 것 같았다. 천천히 강천사를 향해 걸었다. 곱고 완만한 흙길에 숲이 무성해 걸음 옮기기가 수월했다. 물 맑기로 유명한 계곡물이 가을바람 아래 차게 느꺼졌다.

강천사로 오르는 길옆 계곡에는 징검다리가 물을 가로질
러 놓여 있었다. 열 살쯤 되어 보이는 여자아이가 두 팔을
휘저으며 폴짝폴짝 건너고 있었다. 큼직큼직하게 버티어 물
길을 가로막은 징검돌 사이사이를 계곡물은 졸졸거리며 보
란 듯이 빠져나가 다시 합쳐져 흘러갔다. 중기는 걸음을 멈
추고 수첩을 꺼냈다.

점령군이 가로막아도
순리를 따르는 물살은
천지자연의 이치거늘

글을 적다 말고 중기는 손을 멈췄다. 얼마 전, 마을 들판
에 앉기 편한 널찍한 바위를 보며 적었던 글귀가 불쑥 떠올
랐다. '부르지도 않은 점령군이 자리를 차지했다'고 적었었
다. 사람들이 산길에 쌓아 놓은 작은 돌탑 무리를 보며 '군대
가 길을 점거했다'고 끄적였다. 깊은 심연에 묻어 둔 과거의
파편들이 심해의 거대한 고래처럼 불현듯 수면 위로 솟구쳐

올라왔다. 중기는 몸을 움츠리며 저릿한 떨림을 느꼈다. 앨범을 넘기듯 선명하게 떠오르는 장면들이 그의 발목에 전류처럼 예리한 통증을 일으켰다. 그 통증은 한순간도 사라진 적 없었다.

<묵은 통증>

낡은 통증 하나
껴안고 걷는다.

오래된 흉터가
아직, 숨 쉰다.

중기는 눈을 감았다가, 천천히 다시 떴다. 몸 구석구석이 여전히 울리고 있었다.
"견디는 일이, 살아 내는 일의 전부였다."
한 줄 메모를 적은 뒤, 고개를 들었다. 흩어질 듯 흐릿해진 시야 너머로 키 큰 나무들이 보였다. 그 묵직한 존재들은 대

지에 뿌리를 내린 채 신선한 숨결을 아낌없이 뿜어내고 있었
다. 옥죄어진 인간의 마음에 불어넣어 주는 신선한 생명의
숨결이었다. 손끝을 힘주어 펴고 다시 천천히 발을 떼었다.

강천사로 걸음을 옮긴 중기는 대웅전 앞마당에 소박하
게 서 있는 5층 석탑 앞에 멈춰 섰다. 2미터 남짓한 석탑은
2·3·4층의 옥개석이 뭉텅뭉텅 깨져 나가 기우뚱해 보였다. 그
는 허리를 굽혀 석탑을 바라보았다.

"너도 다쳤구나."

중기가 중얼거렸다. 총탄이 지나간 몸, 무너졌다가 다시 일
어선 몸, 산중에 우뚝 버티고 선 석탑이 말을 건넸다.

"나도 버텼다. 너도 그렇게 해라."

깊은숨을 삼키며 중기는 한참을 그 앞에 머물렀다.

\<부서진 몸\>

금이 간 돌,
터진 마음,

그래도,
무너지지 않았다.

　강천사의 산책길을 따라 걸으며 중기는 다섯 갈래 손바닥
을 활짝 편 단풍잎을 카메라에 담았다. 한여름, 뜨거운 태양
아래 치열한 초록의 시절을 보내야만 이렇게 곱게 물들 수
있는 것이리라. 황금빛, 진홍빛으로 물든 단풍잎들은 가지
끝에서 바람에 미련 없이 몸을 맡겼다. 마지막 숨결까지 다
내어 주고, 조용히 대지를 향해 떨어졌다. 떨어진 자리에 다
시 새순이 올라올 것이다. 스러진 낙엽은 새순의 거름으로
순환될 것이기에 그 마지막은 언제나 조용했다.
　중기는 가만히 카메라를 내리고, 바람에 쓸려 가는 낙엽
들을 바라보았다. 낙엽은 속삭이는 듯 말했다.

"생명이어서 좋았다."
그는 천천히 수첩을 꺼내 적었다.

나 떨어질 때의 모습도 고왔으면 좋겠다.

이어 올라온 말을 급히 썼다.

가장 작은 잎사귀 하나조차
주어진 삶을 순리대로 살아 냈기에,
아름다운 마무리를 맞는다.

단풍잎들은 그날, 최루탄과 짓밟힌 외침 속에서, 어두운 지하 창고에서 그의 시간이 멈추지 않은 까닭을 속삭였다.

너도 나처럼 초록을 지나 단풍으로 물들어야 해.
너도 순리대로 아름다운 마무리를 향해 가야 해.

중기가 바라보는 단풍 잎사귀 하나하나에 그 말이 스며들어 있었다.

산길을 내려오던 중기 발끝이 둔탁한 돌에 걸렸다. 몸이 앞으로 휘청이며 중심을 잃었다. 그 짧은 순간, 살을 뚫고 뼈에까지 박힌 기억이 중기를 휘감았다. 숨을 꾹 삼키며 한쪽 무릎을 꿇고 땅을 짚었다. 아픔이 잔물결처럼 퍼졌다. 가만히 숨을 고르고, 천천히 다리를 펴고 일어섰다. 쓰러질 듯 흔들리던 몸이 다시 곧게 섰다. 허공에 손을 뻗듯 천천히 한 발을 앞으로 디뎠다. 다시 한 발. 또 한 발. 바람이 산길을 스치며 단풍잎을 굴렸다. 흙냄새와 낙엽 내음이 몸을 감쌌다. 중기는 조용히 숨을 들이쉬며 산길을 내려가기 시작했다. 다시 일어서 걷는다는 것은, 상처를 품고 앞으로 나아간다는 뜻이었다.

눈송이와 눈물(눈발)

　며칠 동안 하늘에 흩날리던 하얀 눈 꽃송이가 자취를 감추고, 청명한 겨울 하늘에는 새털구름이 가득 퍼졌다. 중기는 차를 몰아 고속도로를 따라 삼십여 분을 달려 담양 관방제림에 닿았다. 주차장에 차를 세우고 내려서자, 관방제림에 오르는 여러 갈래 계단이 눈을 소복이 품고 그를 기다리고 있었다. 디딘 발 아래에서 눈이 밟히며 뽀드득 소리를 내며 부서졌다.

　눈 내린 뒤의 영산강은 닦아놓은 거울처럼 맑았다. 강물 위에는 하얀 세상이 포개지듯 겹쳐 있었다. 강변을 따라 걷는 제방길은 숨을 죽인 겨울의 품속 같았다. 관리가 잘 되어 걷기 편했지만, 눈이 쌓여 있어 발걸음을 조심스레 옮겼다. 눈 덮인 길을 조심조심 걷다 보니 자신도 어느새 겨울의 한 조각이 된 것 같았다.

제방을 따라 줄지어 선, 삼백 년, 사백 년을 살아온 나무들은 둥치마다 눈을 함빡 쌓아 올리고 말없이 겨울을 견디고 있었다. 그들의 자태는 지혜로운 태고의 현자들이 침묵의 수행을 하는 듯했다. 중기는 허파를 한껏 부풀리며 숨을 들이마셨다. 나무들의 느릿한 호흡이 자신의 숨결과 섞이는 신비감에 젖었다.

설경은 세상의 소음을 삼켜 버리고, 중기에게 평화로운 침묵을 선사했다. 그 고요 속에 서서 중기는 문득 나무 사이사이로 카메라를 든 사람들을 보았다. 얼마 전만 해도 중기는 다른 사진사들과 마주치지 않으려고 했다. 대화라도 건넬까 봐 시선을 피했고, 다른 이의 작업에 거치적거리지나 않을까 경계했다. 그러나 나무가 서너 그루 정도 떨어진 거리에 빨간 점퍼를 입고 부지런히 카메라를 움직이는 남자를 보자, 중기는 문득 다가가고 싶었다. 나무의 영겁과 눈의 순간성, 겨울의 평온과 사진의 영원성 그리고 그 모든 것이 어우러진 삶에 대해 짧은 대화라도 나누고 싶었다. 고요한 겨울의 정적 속에서 나무처럼 깊고 오래된 이야기를 나누고 싶었다.

습기를 듬뿍 머금은 눈이 굵은 나무둥치와 하늘을 가득 메운 나뭇가지에 정교하게 덧입혀져 완벽한 설경을 연출해 주었다. 함박눈이 내리면 덜 춥다고들 하던데, 바람이 없는 덕에 손도 시리지 않아 더할 나위 없이 좋았다. 중기는 든든한 나무둥치에 등을 기대고 허리를 곧게 펴고 서서 하늘을 향해 시선을 들어 올리며 손바닥을 한껏 펼쳤다. 고요한 정적 가운데 하늘에서 눈송이가 그의 손 위에 하나둘 가볍게 떨어졌다. 두 번째 눈송이가 공중에서 느리게 회전하며 뒤따라왔다.

한 송이 눈이 손바닥에 내려앉았다.
조용히 눈물 한 방울 남기고 떠나 버렸다.
손등으로 훔쳤던 그날 너의 눈물
아직 내 가슴에 흐른다.

수첩을 접어 품에 넣고 시동을 켰다. 신 씨의 사진관을 향하는 중기의 마음이 바빠졌다. 어느새 신 씨와의 소통이 중기에게 의미를 부여하고 있었다. 차창 너머로 스치는 겨울 햇살이 서서히 얼어붙었던 그의 마음 위로 조심스럽게 내려 앉았다. 중기는 조심스레, 그러나 분명한 걸음으로 겨울의 끝자락을 지나가고 있었다.

녹아도 남는 것

중기가 사진관에 들어섰을 때, 신 씨는 카운터 뒤에서 어떤 사진을 들여다보고 있었다. 문이 열리는 소리에 고개를 든 그의 얼굴에 반가운 기색이 번졌다.

"어! 작가님! 오셨네요. 눈 많이 맞으셨나 봐요. 옷이 다 젖었어요."

중기는 설경을 담은 필름을 건네며 옷을 툭툭 털어 보였다.

"네, 관방제림에 다녀왔습니다. 묵묵히 눈을 맞는 굵은 나무들이 침묵 속에서 많은 이야기를 들려주더군요."

신 씨가 필름을 받아 들며 말했다.

"나무들은 참 좋죠. 가만히 서서 모든 걸 지켜봐요. 근데 사람들은 너무 바빠서 그런 걸 못 느끼죠. 이 필름은 내일쯤 현상해 드릴게요."

중기가 잠시 망설이다가 말을 이었다.

"속이 썩는다는 말이 있지 않습니까."

신 씨가 고개를 갸웃하며 필름을 내려놓았다.

"네? 무슨 말씀이세요?"

"관방제림 입구에 속이 썩어 껍질만 남고, 그마저도 중간이 뻥 뚫린 나무가 있습니다. 저는 오늘 그 나무한테 호된 꾸지람을 듣고 왔습니다."

"아… 저도 그런 나무 봤어요. 어떤 꾸지람을 들으셨는데요?"

중기가 조용히 말을 이었다.

"나는 속이 썩어 비틀어지고 껍질만 남았지만, 해마다 한 겹씩 나이테를 만들며 살아가고 있다고…"

신 씨는 필름을 정리하다 멈추고 "아…" 하며 고개를 끄덕였다.

"그 나무, 다음번엔 저도 한번 제대로 찍어 봐야겠네요. 아마 좋은 구도가 나올 것 같아요."

화제를 바꾸려는 듯, 중기는 조심스러운 목소리로 신 씨에게 물었다.

"신 선생은 언제 다시 카메라를 들 계획이신지요? 지난번 사람들의 눈빛을 다시 담고 싶다고 하셨기에."

"곧이죠. 아마 다음 달쯤에 출발하려 합니다. 그 사람들의 눈빛, 놓치고 싶지 않거든요. 세상엔 자기만의 빛을 잃지 않는 사람들이 여전히 있어요."

"그런 눈빛을 저는 보았습니다. 눈물 한줄기 남기고 제게서 떠나갔지만요."

신 씨가 잠시 말이 없더니, 고개를 살짝 기울이며 물었다.

"누구였나요? 작가님 마음에 그렇게 남은 사람이."

"아마도… 친구들의 것이기도 하고… 어쩌면 저는 모르지만, 세상에 흘러내린 많은 이들의 것일 테지요."

신 씨가 중기를 잠시 관찰하듯 바라보더니, 진열장 아래에서 낡은 앨범 하나를 꺼냈다. 가죽 표지가 시간의 흔적으로 군데군데 벗겨져 있었다. 그가 손에 묻은 먼지를 툭툭 털며 앨범을 펼쳤다.

"여기 보세요. 제가 카메라에 담았던 사람들입니다."

중기는 앨범으로 시선을 옮겼다. 두툼한 앨범은 인물에 초점을 둔 흑백 사진이 가득했다. 첫 장을 넘기니 폐허가 된 마을과 그곳에 남겨진 사람들의 모습이 담겨 있었다. 슬픔

이 깃든 눈동자들, 그러나 어딘가 강인함이 느껴지는 얼굴
들이었다.

"이곳은…."

중기가 조용히 물었다.

"태풍이 휩쓸고 간 남해안 마을입니다. ISO 400으로 찍었
죠. 흐린 날씨에 빛이 충분치 않았거든요. 모든 걸 잃은 사
람들이 그곳에 남아 있었어요."

중기는 한 장의 사진 앞에 시선을 멈췄다. 무너진 집 앞에
서 있는 노인의 뒷모습이었다. 노인의 구부정한 등에는 말로
표현할 수 없는 무게가 실려 있었다.

"이분은 72세 노인이었어요. 아내와 손자를 모두 잃었죠.
손자는 그분이 딸 대신 키우던 아이였고요."

신 씨가 사진을 가리키며 말했다.

"찾아갔을 때, 단 한마디도 안 하시더군요. 그냥 저를 쳐다
보기만 했어요. 제가 카메라를 들자 고개만 끄덕이셨죠."

중기의 손가락이 사진 위를 맴돌았다.

"그런데 왜 등을 보이고 있죠?"

"셔터를 누르려는 순간에 갑자기 등을 돌리셨어요. 처음엔

사진 찍기 싫으신 줄 알았죠. 나중에야 알았어요. 당신 얼굴에 흐르는 눈물을 보여 주기 싫으셨던 거예요."

중기는 깊은 숨을 내쉬었다.

"아픔을 차마 드러내지 못하신 거군요."

신 씨는 고개를 끄덕이며, 앨범을 한 장 넘기며 다른 사진을 보여 주었다.

"그랬죠. 노인이 계속 신경 쓰여서 1년 후에 다시 찾아갔어요. 그때는 다른 렌즈를 가져갔죠. 좀 더 따뜻한 느낌을 주는."

같은 장소, 같은 노인이었지만, 이번에는 정면을 바라보는 사진이었다. 무너진 집 자리에 작은 집이 세워지고, 집 앞에 작은 꽃들이 심어 있었다. 노인의 얼굴에는 희미한 미소가 있었다. 신 씨의 말이 이어졌다.

"보세요, 이 꽃들. 노인은 모든 걸 잃고도 이런 걸 심을 의지가 있었어요. 그래서 저는 가만히 있을 수가 없었죠. 노인은 미소 지었는데, 제가 울어 버렸어요."

중기는 자신도 모르게 몸을 숙여 앨범을 더 가까이 당겨 노인을 들여다보았다. 신 씨는 잠시 창밖을 바라보았다.

"노인에게 물어봤어요. 어떻게 다시 웃을 수 있냐고."

그가 중기를 향해 돌아보며 사진 한 장을 가리켰다.

"대답이 아직도 선명해요. '살아 있는 것이 이미 기적이니, 그 기적을 헛되이 할 수는 없지 않겠소?'라고 하셨거든요. 그 순간을 놓치지 않으려고 바로 셔터를 눌렀죠."

침묵이 내려앉았다. 중기의 눈에 무언가가 반짝였다. 신 씨는 조용히 앨범을 덮었다. 그는 창밖에 흩날리는 눈을 턱으로 가리켰다.

"눈 보세요. 하늘에서 내려와 땅에 닿을 때까지 자유롭게 움직이네요. 이런 자유, 사진에 담고 싶어도 쉽지 않아요. 필름으로 찍을 때는 셔터 스피드를 아주 빠르게 해야 하죠."

중기는 손끝으로 자신이 가져온 필름 통을 만지작거리며 말했다.

"눈송이가 땅에 닿으면 녹아 버립니다. 하지만 사라진 것은 아니라 봅니다. 그저 다른 형태로 변해 이 세상 어딘가에 여전히 머물고 있죠. 아픔도 그런 것 같습니다. 사라지길 기다리기보다는, 함께 사는 법을 배우는 게 중요할지도 모릅니다. 전 지금까지 그것을 참 못하고 있었어요."

두 사람은 잠시 침묵 속에 잠겼다. 밖에서는 눈발이 더욱 거세졌다.

"이런 날씨에는 빛이 너무 부족해서 촬영하기 힘들어요. 하지만 따뜻한 공간 안에서 바라보는 풍경도 나름의 가치가 있죠."

신 씨가 마지막으로 말했다.

사진관을 나오며 중기는 하늘을 올려다보았다. 어둠이 내린 하늘에 하얀 눈발이 어지럽게 흩날리고 있었다. 집으로 돌아가는 길, 차에 오른 중기는 수첩에 짧게 적었다.

흩날려 곧 녹을 눈송이일지라도
나는 오늘도 지금 숨을 쉰다.

수첩을 덮은 중기는 시동을 걸기 전, 잠시 차 안에 머물렀다. 흩날리는 눈송이들이 차창에 부딪혀 소리도 없이 녹아내렸다. 물방울이 번지며 길게 흘러내리는 모습을 바라보던 중기의 가슴 어딘가가 미세하게 떨렸다. 오랫동안 자신을 얼어붙게 만들었던 벽이 녹아내리는 것 같았다. 사진기를 들어 하늘을 향했다. 떨어지는 눈송이들을 한 컷, 또 한 컷 담았다. 오랜만에 심장이 벅차게 뛰는 느낌이 들었다. 곧 녹아 어딘가로 사라질지라도, 지금 살아 있음이 선명한 기적으로 다가왔다. 해인의 불빛이 밝혀져 있을 집을 향해, 중기는 따스한 가슴을 안고 서둘러 차를 몰았다.

그들이 오고,
해인은 피었다
●

글에서 멀어진 해인의 꿈

　사춘기의 뜨거운 감수성이 피어오르던 시절, 해인은 소설에 풍덩 빠져들었다. 책장을 넘기며 동서양을 아우르는 여성 작가의 목소리에 귀를 기울였고, 그 글 안에서 자신의 내면을 들여다보았다. 해인은 여성 캐릭터들이 겪는 갈등이나 성장을 다룬 이야기를 좋아했다. 주어진 세상의 단단한 틀 속에서 여성이 자신만의 목소리를 찾아가는 서사는 해인의 영혼 깊숙이 파문을 일으켰다.

　중학교 국어 교과서에서 만난 박인환의 시 「목마와 숙녀」는 해인에게 버지니아 울프를 소개해 주었다. 시어를 천천히 삼키며 한 줄 한 줄 내려가던 중, 마지막 줄 '목메어 우는데'에 이르렀을 때, 눈물이 차오르는 이유조차 모른 채 따라 울고 싶었다. '버지니아 울프의 생애, 숙녀, 소녀, 문학, 여류 작가' 등의 단어에 해인은 오래 시선을 멈추었다. 소리 없이 입술만 움직여 시를 읊조리는 동안, 그 단어들은 해인의 내면 깊숙한 곳까지 번져 갔다. 그것은 마치 오래된 종이 위에 번진 잉크처럼 지워지지 않는 자국을 남겼다.

고등학생이 되어서야 해인은 버지니아 울프가 쓴 소설을 읽었다. 페이지마다 울프의 날카로운 현실 인식이 해인의 가슴을 저릿하게 했다. 울프는 현실에서 여성은 거의 읽을 줄 모르고, 철자법도 모르며, 남편의 재산에 불과했다고 언급했다. 또한 편지 몇 장은 남아 있을지 몰라도, 여성은 자기 자신의 생활을 글로 옮기는 법이 없으며, 일기도 거의 쓰지 않는다고 했다. 19세기 여성이 처했던 상황을 묘사한 문장들을 읽으며 해인은 시공간을 초월한 연대감을 느끼며 몸서리를 쳤다.

그때부터 해인의 책상 위에는 일기장이 놓였다. 고등 교육을 받을 수 있는 시대를 사는 여성으로 과거 여성이 살았던 세상에 대한 반격처럼 펜을 움직였다. 하루의 감정을 섬세하게 기록하고, 그 감정들을 시로 짓기도 했다. 비가 살살 내리는 날이면, 솟아오르는 감성이 종이에 미처 담기지 못할 정도로 넘쳐흘렀다.

별빛처럼 반짝이는 꿈을 품고 대학 국문과에 진학한 해인
은 문학을 향한 열정이 가득했다. 그녀는 헨리 데이비드 소
로가 쓴 『월든』에서 마음에 담아 둔 문장을 마음의 나침반
으로 삼았다.

'사람이 자신의 꿈의 방향으로 자신 있게 나아간다면,
평소에는 생각지도 못한 성공을 맛보게 될 것이다.'

해인은 고향에서 국어를 가르치고, 시를 지으며, 무엇보다
사람을 사랑하는 교사로 살고 싶었다. 세상 사람들이 저마
다 꿈꾸는 성취가 있겠지만, 그것이 그녀가 생각하는 '성공'
이었다.

그러나 인생의 물결은 해인을 다른 해안으로 밀어냈다. 해
인이 잡은 펜은 문학이 아닌 현실의 일정을 메모할 뿐이다.
끄적이던 시와 문장들은 멈춰 버린 시계의 초침처럼 정지해
버렸다. 글 쓰는 재능이 있었는지조차 묻혀 버린 진실처럼
알 수 없는 일이 되었다. 마치 한 번도 손에 쥐어 보지 않은
꿈처럼, 떠나보낸 연인의 얼굴이 희미해지듯, 그렇게.

눈에 보이지 않는 문장

꿈과는 다른 방향으로 흘렀지만, 이 길 위에서도 해인은 자신만의 이야기를 엮어 나가야 했다. 살아 있으므로, 그래야 했다. 허리가 아프고 손가락이 시큰거리지만, 해인은 지금이 좋았다. 고향의 품과 부모의 손길을 떠나 낯선 도시에서 성인으로 첫발을 내딛는 하숙생들에게 갓 지은 밥을 퍼 주는 일이 좋았다. 지친 날이면 힘이 나게 해 주는 밥, 외로운 마음을 가득 채우는 밥 그리고 눈물을 닦아 주는 밥을 지어 주고 싶었다. 그것이 해인이 키워 가는 새로운 꿈이었다. 버지니아 울프의 책상 너머에서 찾은 꿈과는 다르지만, 이 꿈도 해인의 방식으로 세상에 쓰는 글이었다. 눈에 보이지 않는 문장으로 다른 이의 삶에 영양분으로 스며드는 글이었다.

해인의 어머니는 평생을 공장 노동자에게 밥을 제공하며

살았다. 김이 모락모락 나는 상을 차리면서도, "반찬이 변변
치 않네."라며 미안한 마음을 드러내곤 했다. 해인에게 고향
은 어머니가 이마의 땀을 수건으로 훔쳐 내며 부산하게 오
가고, 큼직큼직한 그릇에 음식을 담던 부엌이었다. 투박한
손길로 누군가의 허기를 채우던 어머니의 일은 사람을 살아
가게 하는 생명줄과도 같았다. 하숙집을 시작하면서 해인은
그 어머니의 모습을 마음에 품었다. 하숙생들과의 인연은 학
기라는 짧은 시간 단위로 흐를 테지만, 해인은 그들에게 이
집이 따뜻한 밥이 있던 공간으로 기억되게 하고 싶었다.

시장을 가거나 피치 못할 외출이 아니면, 해인은 가능한
하숙집을 비우지 않았다. 특히 학생들이 수업을 마치고 돌
아오는 오후 시간대에는 더욱 그랬다. 식구를 떠나 혼자 생
활하는 학생들이 드나들 때마다 해인은 집에 있으며 인사말
을 건네는 것이 자신의 소명이라 여겼다. 눈빛 하나, 말 한마
디라도 따뜻하게 건네어 그들이 느낄 외로움을 조금이나마
덜어 주고 싶었다. 하숙집의 문이 열리고 닫힐 때마다, '여기
네가 들어오고 나가는 것을 챙겨 보는 사람이 있다'는 마음
을 전하고자 했다. 그것은 해인이 자기 안의 사랑을 회복하
기 위한 몸짓이었는지 모른다.

낯섦이 익숙함으로

　하숙생들의 학사 일정은 해인의 시간을 새롭게 구획했다. 그녀의 세월도 '학기'라는 단위로 흘렀다. 매년 2월과 8월의 마지막 날 저녁이면 어김없이 작은 파티를 열었다. 새로 온 하숙생이 있으면 그들을 위해, 없다면 없는 대로, 환영식 겸 개강 파티를 마련했다. 큰 가방을 들고 쑥스러운 표정으로 낯선 공간의 문턱을 넘어온 신규 하숙생의 부드러운 시작을 위해 꾸민 자리였다. 서로를 향한 어색한 인사로 시작된 식탁, 마음 담긴 음식과 젊음의 생명력으로 활기차게 채워졌다. 모처럼 이날은 해인이 소주와 막걸리도 준비해 주었다.

　갓 지은 밥에서 피어오른 고소한 증기가 식탁에 가득 번졌다. 누가 먼저랄 것도 없이 수저가 들려 찰칵찰칵 소리를 냈다. 가운데 놓인 뜨끈한 찌개에서 김이 모락모락 피어올랐고, 노릇하게 구워진 삼겹살은 맛있는 향기를 내뿜었다. 건배 소리와 함께 소주잔이 오가면서 대화가 자연스러워졌고, 누군가는 숟가락을 땅에 떨어뜨려 버벅거렸고, 식탁 위 물컵을 쳐서 넘어뜨리기도 했다. 해인은 부엌 문틈에 기대어 그 모습을 바라보았다. 그들의 그 소란이 사랑스러웠다.

한 지붕 아래서 밥상에 마주하며 살아갈 사람에 대한 긴장과 설렘은 해인에게도 있었다. 하숙생들이 서로를 알아 가는 과정처럼, 해인도 그들의 성향과 식성, 건강 상태 그리고 드러나지 않은 상처나 꿈까지도 조금씩 읽어 가며 한 둥지의 식구로 품어 안았다. 누가 반찬을 골라 먹는지, 누가 매운 것을 못 먹는지, 표정들은 어떠한지를 조심스럽게 헤아렸다.

해인은 학기라는 시간 구획 안에서 인연을 맺고 헤어지는 이 순환이 길게 이어지는 연작 소설처럼 느껴졌다. 새 학기마다 등장하는 새로운 인물들, 또 떠나가는 얼굴들, 하숙생 한 명 한 명이 써 나가는 저마다의 이야기는, 곧 해인이 쓰는 인생의 글이기도 했다. 그들의 이야기가 모여 만들어지는 서사, 해인이 살아가는 인생의 새로운 장이었다.

새 학기를 맞아 신입생 두 명이 들어왔다. 영암에서 올라온 '고영'이라는 여학생은 처음부터 해인의 눈길을 끌었다.

새로 온 바로 다음 날, 고영은 작은 베고니아와 나팔꽃을 닮은 일일초 화분을 사 들고 해인에게 화단에 심어도 되는지를 물었다. 새로운 거처에 정을 들이려는가 싶어 흔쾌하게 같이 심었다. 고영은 뚝 잘라 낸 듯 단정한 긴 단발머리가 고등학생의 흔적을 남겨 두었지만, 섬세하고 생각이 깊어 보였다. 하숙생들은 영이를 '고양이'라고 불렀는데, 그 별명은 그녀의 성격을 고스란히 담아냈다. 영이는 마치 고양이처럼 슬리퍼를 신고 다녀도 발소리 하나 내지 않았고, 문을 여닫을 때는 손잡이를 끝까지 잡아 소리가 나지 않게 하였다. 고양이의 부드러운 털 아래 감춰진 날카로운 발톱을 짐작하듯, 해인은 영이의 조용함 뒤에 있을 이야기를 상상했다.

남학생 김찬우는 첫인상부터 거칠었다. 가방 하나 달랑 메고 들어와서는, 다른 하숙생에게 먼저 인사를 건네지도 않았다. 말투는 짧고 성마른 데다, 식사 시간이나 샤워실 사용 같은 하숙집 규칙에도 무심했다. 찬우는 저녁에 시장에 있는 통닭집에서 닭을 튀기는 아르바이트를 했다. 그의 옷에서는 늘 기름 냄새가 났다. 해인은 찬우의 저녁을 따로 준비해 두었다가 나중에 챙겨 주었다. 급하게 밥을 먹는 찬우의 손을 보니 작은 상처와 굳은살이 박혀 있었다. 어린 나이에 세상의 무게를 지고 가는 손이었다. 찬우는 가끔 거칠게 문을 닫아 다른 하숙생들이 흠칫 놀라는 일이 잦았다. 선배인 룸메이트 허욱에게 사소한 이유로 짜증 내는 모습을 목격하기도 했다.

그러면서도, 마당을 쓸고 있는 해인의 손에서 말없이 빗자루를 가져가는 사람은 찬우였다. 지붕의 물홈통에 쌓인 낙엽을 치우느라 사다리를 세워 두면, 점퍼를 툇마루에 던지고 성큼 올라가 청소를 거든 사람도 찬우였다. 해인은 느꼈다. 찬우의 거친 말과 행동은 찢어지지 않기 위해 억지로 덧댄 얇은 포장지라는 것을.

3월의 끝자락에 접어들자 하숙생들은 서로를 편하게 대하기 시작했다. 그들이 주고받는 가벼운 농담과 스스럼없는 대화에 해인은 자주 입가에 미소가 번졌다. 해마다 서로 다른 젊은이들이 같은 지붕 아래 모여 공동체를 만들어 가는 변화를 지켜보는 일은 오래 얼어 있던 마음에 스며든 봄기운 같았다.

3월, 홍매화의 위로

봄볕이 스며들어 낮잠이 스멀스멀 몰려오는 늦은 오후에 해인은 저녁 준비에 나섰다. 고기반찬은 일주일에 세 번이 원칙이었지만, 예산에 따라 가능하면 더 자주 올리려 애썼다. 하지만 매일 저녁 부침개를 내놓는 소박한 다짐은 꼭 지켰다. 오늘은 시장에 나온 봄 부추로 해물 부추전을 부칠 요량이었다. 수돗가에서 씻은 부추를 손에 쥐고 있는데, 등에 와닿는 햇살이 기분 좋게 따뜻했다. 그때, 영이가 마당에 들어섰다. 눈도 마주치지 않고 고개만 꾸벅하더니 방으로 들어갔다. 영이의 등이 허허로워 보였다. 해인은 부지런히 한 장을 미리 부쳐 초간장을 곁들여, 닫힌 영이의 방문 앞으로 갔다. 문을 두 번 조용히 두드리니 영이가 문을 열었다. 시선을 슬쩍 피하는 영이의 눈자위가 빨갛고 부어 있었다.

"영이 오늘은 일찍 들어왔구나. 새참에 이거 좀 먹으렴."

"고맙습니다."

영이가 공손히 받아 들었다. 해인은 잠시 망설이다 한마디 건넸다.

"영이야, 도서관 올라가는 길에 있는 홍매화 알지?"

"아, 그 매화…. 선배님이 학교 다니실 때도 있었죠?"

"그럼! 짝사랑으로 볼이 발개져서 그 아래를 부지런히 오갔지. 그 홍매화 어르신은 조선시대 이래 수많은 학생들의 볼이 자기처럼 발갛게 달아올라 오가는 것을 지켜보았을 거야! 학교 오갈 때 너도 한 번씩 홍매화를 바라봐 주렴. 네 속삭임도 들어 줄 테니."

해인이 웃으며 말하자, 영이도 빙그레 웃으며 말했다.

"저도 그 나무 예뻐서 늘 오며 가며 쳐다보곤 했어요."

"내 웃음도, 내 숨죽인 울음도, 그리고 차마 하지 못한 고백도 예쁜 꽃비 되어 그 발밑에 흩날렸단다."

"내일 가면, 선배님 비밀을 알려 달라고 말 걸어 볼게요."

영이가 위로해 주려는 마음을 알았다는 듯이, 한결 밝은 표정으로 말했다.

"'눈물 젖은 빵을 먹어 보지 않은 자는 인생의 의미를 모른다'는 유명한 말이 있잖아. 빵이 눈물로 젖었건, 내가 목이 메었건, 중요한 사실은 빵을 먹어야 한다는 거야. 그러니 이 것부터 먹고, 이따 저녁도 또 먹자꾸나."

해인은 영이의 어깨를 가볍게 쓸어내렸다. 말은 조심스러웠고, 손끝은 더 조심스러웠다. 사랑으로 품고 싶지만, 다치게 할까 두려운 마음이 손끝에 맺혔다. 어설픈 위로는 상처를 오히려 덧나게 만들 수 있음을 해인은 알고 있었다.

문을 조심스레 닫은 뒤, 해인은 마당에 한동안 서 있었다. 마음속 깊은 곳에서 영이에게 하고 싶은 말이 올라왔다.

'살아 있는 한, 살아가야 해.'

목숨을 잃은 것도, 삶이 짓밟힌 것도 아니니 살아가야 한다고 말하고 싶었다. 그것은 자신과 중기에게 하고 싶은 말이었다. 고개를 돌려 정원을 내다보았다. 봄바람에 흔들리는 어린 나뭇가지 하나가 이따금 햇살을 받아 반짝였다. 해인은 깊게 숨을 들이마셨다. 세상을 부드럽게 바라보는 것, 아주 작은 숨결로 주어진 삶을 조용히 살아 내는 일, 그게 지

금의 삶이었다. 천천히 마당을 지나 방으로 향했다. 창가에
서 내리쬐는 햇살이 방 안을 따스하게 비추고 있었다.

4월, 국 한 그릇의 온기

4월의 셋째 주로 접어들어 중간고사 기간이 시작되었다. 해인은 시험의 압박을 받는 하숙생들을 위해 소화가 쉬운 음식을 준비하느라 분주했다. 사골과 잡뼈를 사고, 양지머리를 넣어 마당의 가마솥에서 곰국을 고았다. 핏물을 빼고 고아 내기까지 시간이 오래 걸린 곰국을 저녁상에 놓으며 해인은 마음이 뿌듯했다. 먹성이 좋은 대학생이 열 명이다 보니 음식을 푸짐하게 준비해도 부족하기 일쑤였다. 학생들에게 '공부 열심히 해라'는 따위의 말은 한 번도 하지 않았지만, 음식에 그 마음을 담았다. 따뜻한 국물 한 그릇이 학생들의 마음을 몽글몽글하게 감싸 주기를 바랐다.

중기는 벚꽃이 만개한 산과 강변을 돌아다니느라 도통 집에 없었다. 한 솥단지 끓인 오리탕을 중기만 주라 하던 어머니의 바람과 달리, 정작 중기는 자주 집을 비워 먹을 때를 놓

치기 일쑤였다. 그래도 해인은 마음 쓰지 않았다. 끼니를 걸
러도 좋아하는 일에 몰두할 수 있다면, 그것이야말로 최고
의 치유이자 행복이라 여겼기 때문이다.

4학년에 접어든 호준이가 저녁상에 빠졌다. 해인은 고기를
듬뿍 넣어 한 냄비를 따로 챙겨 두었다. 군 복무를 마치고 2
학년부터 해인의 집에 하숙을 시작한 호준이는 넓은 이마와
각진 턱선으로 강직한 인상을 주었다. 날씬한 어깨와 호리호
리한 몸매는 그의 얼굴을 더욱 크게 보이게 했다. 4학년 선
미가 그를 돌하르방이라고 놀리면, "나도 들고 다니기 무거
워~" 하면서 받아쳤다. 명랑하고 장난기가 많았는데, 가장
나이가 많았으므로 나름 체면을 차리려는 눈치였다. 식사가
끝나면 성큼성큼 식탁의 빈 그릇을 나르고 뒷자리를 돕는
것도 호준이였다.

하지만 요즘 들어 부쩍 처진 어깨로 다니는 모양새가, 진
로를 앞두고 머리가 무거운 모양이었다. 저녁 식탁을 정리하
고 차를 한잔 내리려는데, 뒤에서 가벼운 발소리가 들렸다.

"선배님, 제가 늦어서 죄송합니다."

호준이 목소리였다. 돌아보니 호준이는 어깨에 가방을 멘

채 서 있었다.

"공부하다 왔구나. 어서 국에 밥 한술 말아 먹으렴."

해인은 따로 챙겨 두었던 저녁을 준비해 주었다. 호준이는 국에 밥을 말아 먹으면서 조심스럽게 말을 이어 갔다.

"번거로우실 텐데 신경 써 주셔서 고맙습니다. 컵라면으로 때우려던 참이었어요. 내일 인턴십 면접이 있어서 예상 질문을 뽑아 준비하다 보니 늦었습니다."

긴장하면 귓불 뒤를 집게손가락으로 살짝 긁는 버릇이 있는 호준이는 밥 먹으랴, 귓불을 긁으랴 분주했다.

"긴장되는가 보구나. 천천히 먹으렴. 흔한 말이지만 사람은 다 살게 마련이라잖아. 호준이는 어디서 무엇이든 잘하고 살아가게 될 거야."

해인이 일어서려는데, 잠시 머뭇거리던 호준이가 물었다.

"선배님은… 대학 졸업하시고 바로 하숙집을 시작하셨어요?"

해인은 엷은 미소를 보였다.

"아니, 잠시 다른 길을 갔다가… 이 집과 인연이 맺어졌지. 다음에 기회가 되면 이야기해 줄게."

대답은 담담했지만, 해인의 눈빛은 순간 먼 곳을 헤매다 돌아온 듯했다. 미처 가라앉지 않은 기억의 파편이 살짝 흔들렸지만, 곧 다시 고요를 되찾았다. 지난날을 돌아보니 상처가 여전히 저릿했지만, 날이 무뎌져 더 이상 날카롭게 찌르지는 않음을 느꼈다.

<연못 지기>

교실의 분필 가루 대신
부엌의 밀가루가 손에 묻는다.

한때는 넓은 바다로 나가 보려 했으나
지금은 작은 연못을 지키는 법을 배운다.

사랑하지 못할 때는 모르던 것들.
물 위에 벚꽃 한 잎 떨어지는 소리.
흔들린 자리에도 햇살이 드는 소리.

이제 나는 작은 연못지기.

고요하고 맑게 남기를.

누구의 마음에도 작은 연못이 되기를.

5월, 해인의 오월, 그들의 5월

5월이 찾아왔다. 초봄에 청초하게 피어났던 목련은 이제 대부분 지고, 연둣빛 새잎이 가지 끝마다 고개를 내밀었다. 다지지 못한 목련의 잔꽃은 바람에 실려 허공을 맴돌다 천천히 내려앉았다. 떨어진 꽃잎이 마른 바람에 쓸려 담장 구석에 모여 있었다. 감나무는 어린 열매를 틔우기 시작했다. 손톱만 한 감꽃이 가지 사이사이 소담히 매달려 나무에 생명을 채워놓았다. 햇살 아래 나뭇잎들은 윤이 났고, 마당 가득 퍼지는 풀 냄새와 흙냄새는 지나간 봄의 향기를 뿌옇게 감췄다. 세상의 모든 생명은 각자의 시절을 흐르고 있었다.

아름다운 계절이지만, 해인에게 5월은 심장을 뒤흔드는 계절이었다. 시장으로 향하던 길목, 해인은 거리에 걸린 포스터 앞에 발걸음을 멈추었다. '민주화의 꽃, 오월 정신을 기리며'라는 문구가 적혀 있었다. 그것을 본 순간, 평소에 간신히

억눌러 두었던 분노와 죄책감이 폭풍처럼 치밀어 올랐다. 깊게 들이마신 공기가 가슴 언저리에서 막혀 버렸다. 그 감정에 눌리고 싶지 않았지만, 한참이나 숨을 고르지 못했다.

이 세상의 푸르름과 저 환한 빛은,

왜 나에게는 이토록 아픈 것인가.

하숙집은 화사한 들뜸으로 가득했다. 학기말 시험까지는 시간 여유가 넉넉했고, 하숙생들은 온몸으로 계절을 즐기는 청춘이었다. 누군가는 거울 앞을 떠나지 못했고, 누군가는 신발 끈을 급히 매며 소개팅에 달려 나갔다. 하숙생들의 차림새도 달라졌다. 여학생들은 머리 스타일을 바꾸고, 가벼운 화장을 시작하며, 고등학생 티에서 완전히 벗어났다. 늦은 시간, 대문 앞까지 남학생이 배웅해 주는 모습도 종종 목격되었다. 남학생들은 자주 귀가가 늦었고, 술 냄새를 풍기며 들어오기도 했다.

지금쯤 학교 대운동장 주변 잔디밭 나무 그늘에는 삼삼오오 모인 학생들이 신선한 바람을 만끽하며 계절을 즐기고 있을 것이다. 해인이 보는 5월의 후배 대학생들은 그랬다. 해인은 그들의 시대에 자신의 세상을 편승하고 싶었다. 아무 일도 없었던 것처럼 살아가는 저들의 젊은 시간에 녹아들고 싶었다. 그러나 해인은 알았다. 5월의 햇살이 아무리 따사로워도, 자신 안에는 꺼지지 않은 잿빛 기억이 여전히 숨 쉬고 있다는 것을.

시장길에서 돌아온 해인은 대문 앞에 잠시 멈춰 섰다. 담장 밑으로 흩어진 목련 꽃잎들이 하늘에서 쏟아진 잔설처럼, 땅 위에 조용히 숨을 누이며 내려앉아 있었다. 해인은 천천히 무릎을 굽혀 꽃잎 하나를 집어 들었다. 가장 고운 순간에 스러진 목련 한 장. 연약한 꽃잎을 손바닥에 올려놓으니 해인의 입술 사이로 낮은 숨결처럼 말이 흘러나왔다.

"이렇게 아름다운데 지고 말았구나."

바람이 불어와 해인의 흘러내린 머리칼과 꽃잎을 함께 스쳤다. 작은 떨림 끝에, 꽃잎은 바람을 타고 가볍게 날아가 버렸다. 해인은 빈손을 잠시 내려다보다, 천천히 고개를 들었다. 담 너머 감나무 가지 끝, 햇살을 머금은 어린 감꽃들이 투명하게 빛나고 있었다. 피고, 지고, 다시 피어나며 모든 생명은 묵묵히 제 길을 가고 있었다. 해인은 가만히 숨을 고르며 마당 안으로 발을 들였다. 한 걸음, 한 걸음. 어느 날 자신도 이 모든 상처를 조용히 품은 채, 빛으로 돌아가기를 소망했다.

<흩어지는 것들>

스러지며 남긴 빛을
가만히 손바닥에 담아 본다.

잡을 수도, 지울 수도 없는
작은 영원의 조각.

6월, 나무의 자리, 해인의 발자국

6월, 학기 말이 버티고 있는 달이었다. 이맘때가 되면 학생들은 긴장으로 몸을 조이고, 좋은 학점을 얻기 위해 노력했다. 해인은 늦게까지 책상 앞에 앉아 있는 하숙생들을 위해 삶은 달걀과 고구마 같은 야식을 준비해 주었다. 고향의 부모님에 대한 미안함, 불확실한 미래에 대한 두려움 그리고 지금 쥐고 있는 성적표 한 장이 모든 것을 결정할 것 같은 불안이 하숙생들의 어깨를 짓눌렀다.

해인은 대학 시절 친구들과 교정의 큰 나무 아래 가방을 베고 벌렁 드러누워, 서로의 학점을 놀려 댔던 한때를 떠올렸다. 무슨 객기였는지 C 학점을 받으면 당당하게 자랑했고, A 학점을 받으면 좀생이 취급하며 짓궂게 굴었다. 젊음은 그렇게 철없지만 찬란했다.

요 며칠 손목 시큰거림이 영 불편해 해인은 모교 근처 한

의원을 찾았다. 침을 놓은 한의사는 다섯 번은 더 오라고 했고, 무엇보다 '손목을 무리하게 쓰지 말'라는 말을 덧붙였다. 한의원을 나온 해인은 오랜만에 오월 그날의 그 철문을 지나 교정으로 발걸음을 옮겼다. 연둣빛 잎사귀가 햇살에 흔들렸고, 가벼운 책가방을 멘 학생들이 머리칼에 햇빛을 얹고 스쳐 지나갔다. 그 풍경은 해인에게 오래된 기억처럼 익숙하면서도, 손 닿을 수 없는 먼 그림자처럼 낯설게 느껴졌다.

홍매화가 보고 싶어, 해인은 천천히 도서관으로 오르는 언덕길로 향했다. 홍매화 앞에 이르자 해인은 발걸음을 멈췄다. 꽃은 이미 땅에 흩어졌지만 갓 돋아난 연둣빛 새잎들이 봄바람에 살랑이며 오랜만에 해인을 알아본 듯 다정하게 인사했다. 저 나무는 계절마다 이 자리에서 얼마나 많은 사연을 품었을까. 그 앞을 스쳐 간 수많은 발자국, 그 속에 부끄러운 가슴을 쓸어 내며 지나던 젊은 해인도 있었다. 때로는 무심한 척 걷고, 때로는 돌아서서 매화 향기를 맡곤 했다. 홍매화는 해인에게 울음과 웃음을 지켜봐 주던 나무였다. 올려다보니 가지 사이로 비치는 햇살이 영혼을 어루만지듯 눈부셨다. 해인은 가만히 손을 뻗어 나무줄기에 손바닥을 얹었다. 거친 나무껍질 너머로 오랜 시간의 숨결이 느껴졌다.

"안녕, 오랜만이야. 여전히 여기 있어 주어 고마워."

해인은 손바닥을 나무줄기에 얹었다. 말을 나누지 않아도 서로를 이해하는 오랜 친구처럼, 해인은 지난 시간의 무게를 나무와 나누었다.

<안녕, 나의 홍매화>

교정 언덕길 돌아 홀로 선 그대
겨울 끝자락에 홀로 피어
부끄러운 내 볼 빛을 닮아 홍시처럼 붉구나.

발갛게 물든 가슴 안고
하루에도 몇 번씩 그대 앞을 지나며
무심한 척 걸었지만
그대는 알고 있었겠지.

내 젊은 날의 설렘과 떨림을
눈물과 웃음을
말없이 지켜보았겠지.

홍매화야, 오늘도
누군가의 달아오른 가슴을
부드럽게 어루만져 주렴.

　여름의 무더운 바람이 불어와 해인의 머리카락을 흩트렸
다. 그 순간, 눈물이 불쑥 흘러내렸다. 슬픔도, 기쁨도 아닌
감정이었다. 그저 살아 있다는 것, 숨 쉬고 있다는 것에 대
한 환희였다. 해인은 눈물을 닦으며 미소 지었다. 돌아서며
고개를 돌려 마지막 인사를 건넸다. '다 괜찮아질 거야….
나, 다시 걸어 보려 해. 오늘은 이만 안녕.' 돌아서는 해인을
향해 홍매화의 잎사귀들이 화답이라도 하는 듯 바람에 살랑
였다.
　하숙집으로 돌아가는 길. 해인은 시장에 들러 오늘 저녁
특별 메뉴를 위한 장을 보았다. 물건을 하나하나 담는 동안,

홍매화 앞에서 느꼈던 잔잔한 감정이 마음에 오래 머물렀다.
해인은 작은 바구니를 품에 안고 걸었다. 바구니 속 채소들
이 바스락 소리를 내며 작은 약속처럼 품 안에서 흔들렸다.

나는 오늘도 작은 식탁을 차린다.
사랑을 담아, 조용히,
바람이 홍매 잎을 쓸어 가듯, 가만히.
햇살은 얼마나 뜨거웠던가.
비바람은 어찌 그리 모질었던가.
그래도 숨 쉬는 나무처럼
너희들도, 나도 그랬으면 좋겠다.

7월, 셔터 너머의 숨결

7월의 첫 주말, 해인은 하숙생들 대부분이 고향으로 돌아간 한적한 집에서 창문을 활짝 열었다. 문을 여는 순간, 햇살이 부엌 바닥에 금 가듯 번졌다. 해인은 내려앉은 그 가느다란 빛줄기를 물끄러미 내려다보며 잔잔한 미소를 지었다. 삶이란, 이렇게 작은 빛에도 기대어 살아가는 것이었다.

<햇살 한 조각>

한 줌 햇살에
마음의 골목이
환히 드러났다.

마당에서는 능소화가 붉은 꽃잎을 바람에 실어 보냈다. 붉은 기운이 햇살에 실려 집 안 구석까지 스며들었다. 해인은 바쁜 학기 중에 미뤄 왔던 일들을 하나씩 정리했다. 먼지 쌓이고 때가 탄 구석구석을 훑어 내며 대청소를 시작했다. 특히 학생들이 함께 사용하는 세탁실 겸 샤워실은 더욱 세심하게 살폈다. 오래된 수도꼭지를 조이고, 배수구에 고인 물때를 문질러 닦으며 생각했다. 시간은 구석구석 우리 삶의 자리에 온갖 흔적을 남긴다고. 지나온 날들의 무게는 그렇게 물때처럼, 말없이 쌓여 있었다.

모처럼 중기의 외출에도 동행할 여유가 생겼다. 그의 출사에 함께함은, 해인이 중기의 세계를 조심스레 따라 걸으며 그 마음을 엿보는 순간이었다. 목적지에 도착하면 중기는 처음 보는 풍경을 탐색하듯 주변을 한참 돌아보았다. 그의 눈은 다른 이들이 스치고 지나치는 사소한 것들을 포착해 냈다. 길섶의 잡초 하나, 햇살에 반짝이는 풀잎의 빛깔, 바람에 기우는 꽃대 하나까지 놓치지 않는 눈이었다. 해인은 중기의 곁을 따라 걸으며, 그의 눈길이 머무는 곳을 함께 바라보았다. 말없이 한 걸음, 또 한 걸음, 그 끝에 작은 씨앗 하나가 둘 사이에 가만히 내려앉는 듯했다.

말없이 함께 걷는 길
떨어지는 잎은 다시 묻지 않는다.
묻지 않는 마음들에
씨앗 하나 떨어졌다.

중기가 촬영 장소를 정하면, 그때부터는 긴 침묵이 이어졌다. 그는 빛의 미묘한 변화를 주의 깊게 살피며 자리를 지켰다. 구름 한 점이 지나가기를, 때로는 바람이 나뭇잎을 살짝 흔들어 주기를 기다렸다. 중기는 그 기다림조차 즐기는 것 같았다.

마침내 순간이 다가오면, 중기의 왼손이 부드럽게 카메라를 들어 올렸다. 렌즈에 눈을 맞추는 그의 표정은 해인이 본 중기의 모습 중 가장 생기가 있었다. 흐린 날 오후처럼 가라앉아 지내던 중기도, 그 순간만큼은 세상의 찬란함을 붙잡고 싶은 열망으로 가득 차 보였다. '찰칵!' 셔터 소리가 울릴 때마다 해인은 느꼈다. 중기가 세상과 나누는 영혼의 대화가 저 셔터음 속에 담겨 있다는 것을. 그날, 해인은 깨달았다. 중기는 침묵하는 게 아니라, 세상의 숨결과, 생명의 흐름과, 그리고 자연과 오래전부터 대화하고 있었음을.

<작은 기도>

그는 빛을 기다리고
나는 그 곁에서
숨소리조차 가만히 접는다.

움직이지 않는 그림자처럼
그의 기다림 속에 나도 스며들어

찰나에 피어나는 생의 떨림을
마음으로 함께 담는다.

그 곁에 서 있다는 것,
그것이
내가 하는 가장 깊은 기도였다.

9월, 풍요의 봉지들

9월이 오자, 하숙집은 다시 생명력을 되찾았다. 북적이는 발소리가 집 안을 채우고, 부엌은 가장 바쁜 공간으로 되돌아갔다. 2학기는 언제나 다른 결을 품고 찾아왔다. 가을, 단풍, 낙엽, 초겨울, 첫눈으로 이어지며 관조와 사색을 품게 했다. 하지만 계절의 품은 짧았고, 시간은 늘 서둘렀다. 개강의 여운이 가시기도 전에 추석 연휴가 성큼 다가왔다. 달력의 날짜들이 누군가의 손에 이끌리듯 빠르게 넘어갔고, 하숙집 안에도 명절의 들뜬 기운이 번졌다.

하숙생들이 짧은 명절 휴가를 마치고 돌아오는 날은 언제나 특별했다. 해인은 이를 '제2의 추석'이라 불렀다. 장흥, 화순, 순천, 무안, 영암, 해남 등에서 올라온 젓갈, 장아찌를 비롯해 김치와 각종 밑반찬, 곡식들이 쏟아져 들어왔다. 꽁꽁 싸인 봉지 하나하나에는 고향 부모님의 마음이 담겨 있었다. 봉지 사이로 배추김치 국물이 살짝 새어 나왔고, 종이상자의 끈이 묶인 채로 엉성하게 풀려 있기도 했다. 학생들은 부끄러운 듯 머리를 긁적이며 해인에게 건넸다.

"이거… 어머니가 챙겨 주셨어요. 많지 않아요."

"그냥 드셔 주세요. 촌에서 보내신 거라…."

봉지 하나하나를 받아 들 때마다 해인은 손등에 묻은 시골 냄새, 말린 고추의 뜨거운 향기, 햇살을 먹은 곡식의 부드러운 숨결을 느꼈다. 그 모든 봉지마다 "밥 제대로 먹고 다니려무나.", "방은 춥지 않느냐?", "아픈 데는 없냐?"와 같은 사랑과 그리움이 고스란히 스며 있었다.

<고향에서 온 봉지>

가득 차지 않아도
꼬깃꼬깃 접힌 봉지 안에
들판의 바람 냄새가 깃들고

넘치지 않아도

묶인 끈 사이로
어머니의 햇살 같은 손길이 스며 있다.

나는 매일 식탁에
작은 봉지들을 풀어
먼 길 건너온 사랑을 나눈다.

  해인은 식사 시간에 큰 그릇을 준비해 하숙생들이 고향에
서 가져온 반찬을 조금씩 덜어 담았다. "이건 누구네 집에서
온 거야.", "저건 어디 특산물이지." 하며 하나하나 소개했다.
따뜻한 정이 식탁 위로 번져 나갔다. 해인은 학생들이 극구
사양해도 추석이 있는 달의 하숙비는 조금 덜 받았다. 이는
경제적 계산이 아닌 부모님에 대한 존중이었다. 객지에 자
녀를 보내 놓은 부모의 마음, 그 살뜰한 손길을 해인은 거저
받을 수 없었다. 돈보다 더 값진 것이 세상에 존재한다는 사
실, 그 단순하고도 분명한 진실이 해인의 마음을 풍요롭게
했다.

11월, 악몽 꾸는 밤

초겨울의 찬 바람이 불기 시작했다. 주암호에 다녀온다던 중기가 밤이 깊도록 돌아오지 않아, 해인은 마당을 서성이며 밤하늘을 보고 있었다. 그때, 밤의 고요를 깨는 외마디 비명이 재민과 지석이의 방에서 터져 나왔다. 목소리의 주인공은 재민이었다. 재민의 비명은 이번이 처음이 아니었다. 해인은 가슴이 철렁 내려앉았다. 차가운 밤공기가 폐부 깊숙이 스며들었다. 맨발로 디딘 마당의 돌들이 싸늘했다. 급히 달려가 문을 두드리자, 안에서 지석의 다급한 목소리가 들려왔다.

"형! 재민이 형! 일어나 봐."

문 앞에선 해인이 조심스레 물었다.

"재민이 괜찮니? 무슨 일이 있어?"

잠시 침묵이 이어진 뒤, 방 안에서 웅얼거리는 소리가 들렸다. 이윽고 지석이가 안정된 목소리로 답했다.

"괜찮아요, 선배님…. 재민 형이 악몽을 꾸었대요."

"그랬구나. 따듯한 물이라도 가져다줄까?"

방 안에서 재민의 목소리가 떨리며 들려왔다.

"괜… 찮습니다. 그냥 좀 악몽을 꾸었습니다."

해인은 필요한 거 있으면 언제든 말하라고 하며 발걸음을 돌렸다. 찬 바람이 뺨을 스치고 지나갔다. 그녀는 사람들이 살면서 마주하는 밤의 불안한 순간들을 떠올렸다. 집을 떠나 홀로서기를 배우는 청춘들에게도 저마다의 어둠이 있으리라. 그것이 무엇이든, 부디 짓눌리지 않고 나아가기를 해인은 마음속으로 바랐다.

다음 날 아침, 재민은 별다른 기색 없이 학교로 향했다. 그러나 오후에 수업을 마치고 돌아온 재민이 조심스럽게 해인의 방문을 두드렸다. 해인은 그를 부엌으로 안내해 캐모마일 차를 내려 식탁에 마주 앉았다.

"어젯밤 주무시는 시간에 제가 소란을 피워 죄송합니다."

"죄송은 무슨. 어차피 안 자고 있었어. 악몽을 꾸었구나."

"네…"

재민은 찻잔을 양손으로 감싸 쥐며 시선을 아래로 떨구었다.

"내용이 기억나?"

재민은 고개를 저었다가, 잠시 뒤 입술이 미세하게 떨리며 말문을 열었다.

"사실은… 기억나요. 항상 같은 꿈이에요. 군대 가기 전에 있었던 일인데…."

재민은 군 제대 후 복학한 3학년이었다. 그러니까 벌써 몇 해가 지난 일을 자꾸 꿈으로 꾸는 모양이었다. 해인은 더 묻지 않고, 마주 앉은 채 잠시 기다렸다. 재민이는 마치 오래전 봉인해 둔 상자를 조심스레 여는 듯 천천히 말을 이었다.

"중·고등학교를 같이 다니며 늘 뭉쳐 지내던 친구가 저 포함 네 명이 있었어요. 우리는 항상 함께였어요. 고등학교를 졸업하고 대학으로 뿔뿔이 흩어지게 되었어요. 그중 두 명은 서울로 올라가고, 저는 광주로 오고…."

재민은 말을 잇다 말고, 입술을 깨물었다. 잠시, 자신의 눈물과 싸우듯 고개를 떨궜다. 해인은 묵묵히 그의 시간을 기다리며, 소리도 내지 않고 차를 조금 마셨다. 찻잔이 내는 미세한 소리마저 이 순간에는 크게 날까 조심스러웠다.

"그래서… 대학 입학 전에 송별식이라고 모여서 먹고 마시고 진탕 놀았어요. 섭섭하지만 또 즐거웠던 시간이었어요."

재민의 얼굴에 스치는 듯한 미소가 이내 지워졌다.

"술을 마셨던 터라 두 시간 넘게 노래방에서 노래를 불렀어요. 그리고 차를 몰고 돌아오는 길에 사고가 났어요. 뒷자리에 탔던 저는 살았지만, 앞 좌석 두 친구는…."

말을 잇지 못한 채 재민의 눈이 빨개지더니, 눈물이 주르르 흘러내렸다.

"그렇게 두 명을 보내고도, 저는… 뻔뻔스럽게 대학에 왔어요. 심장 어딘가에 깊숙이 파편이 박혀, 움직일 때마다 도려내는 듯한 고통을 느껴요. 그런데도 이렇게 혼자 잘 살고 있어요."

두 사람은 이어지는 침묵 속에 한참을 앉아만 있었다. 차가 식어 갔다. 재민의 흐느낌이 잦아들자, 해인이 말했다.

"저 뒷방에만 처박혀 지내고, 툭하면 밖으로 도는 이 집 아저씨도 비슷한 경험이 있어. 그도 지켜 내지 못한 친구들이 있어."

재민이 젖은 눈을 들어 해인을 바라보았다.

"어떻게… 어떻게 견디시나요?"

해인은 창문 밖으로 시선을 잠시 두었다. 그리고 말했다.

"하루하루를 살아. 그게 다야. 세상을 바꿀 수 없어서 화가 나고 슬퍼질 때도 있어. 그래도 오늘 할 수 있는 일을 하면서 살아갈 뿐이야."

다음 날, 해인은 부엌에서 저녁 준비를 하다 재민이 중기의 뒷방으로 향하는 모습을 보았다. 그리고 문이 열리고 닫히는 소리만 들릴 뿐, 한참 동안 아무 소리도 들려오지 않았다. 그날 밤, 해인은 문틈 너머로 번지는 아주 희미한 숨결 같은 것을 느꼈다. 부서진 마음이 서로에게 아주 조심스럽게 기대고 있는 것 같았다. 그날 이후, 재민의 비명은 조금씩 줄어들었다.

<상처가 상처에게>

말하지 않아도
울지 않아도

우리는 서로의 흉터를

조심스레 쓰다듬는다.

바람도 숨죽인 밤,
작은 숨결이 맞닿는다.

12월, 괘종시계의 질문

식당 벽에 달린 괘종시계의 추가 그리는 호선을 따라 해인의 손길도 바삐 움직였다. 칠판에 일주일 메뉴를 적고 지우기를 반복하는 사이, 달력 속 남은 날들이 모래처럼 그녀의 손가락 사이로 술술 빠져나가 버렸다. 겨울이 성큼 다가와 장독대에 가려면 어깨를 한번 으스스 떨며 저도 모르게 몸이 움츠러졌다. 볼에 스치는 바람결도 제법 차졌다.

2학기는 언제나 빠르게 지나갔다. '대학에서 수업 1시간은 길지만, 4년은 금방 간다'라는 오래된 격언이 떠올랐다. 하숙생들의 학년이 쑥쑥 올라가는 것을 보면 그 말은 진리를 담고 있다. 삶의 첫 갈림길 앞에 선 4학년 학생들의 발걸음은 취업과 대학원 진학 사이를 오가며 무거워졌다.

"선배님, 잠시 드릴 말씀이 있어서요."

저녁 식사를 치우고, 방금 우려낸 캐모마일 차를 뒷방 중

기에게 가져가려던 해인은 주방으로 들어서는 민형과 마주
했다. 민형은 군 복무로 잠시 자리를 비운 기간을 빼면, 대
학 시절 내내 해인의 하숙집을 집으로 삼아 왔다.

"오, 그래. 차 한 잔 줄까? 방금 우려낸 거라 향이 좋아."

"아, 아뇨. 괜찮습니다. 다름이 아니라… 제가 졸업은 하
는데, 취업이 될 때까지 하숙을 조금 더 연장해도 될까 해서
요."

"그럼, 당연히 되지. 좋은 결과 얻기를 바랄게."

"감사합니다."

민형의 눈가에 안도의 기색이 스쳤다.

"혹시 제가 학기 도중에 취업으로 떠나면, 방이 오래 비게
될까 봐 걱정이 됩니다."

"그건 내 걱정이지 민형이 걱정인가? 신경 쓰지 말고 필요
할 때까지 있어."

해인이 미소를 보이자, 긴장했던 민형도 표정이 풀렸다. 그
는 마음의 짐을 내려놓은 듯 가벼운 발걸음으로 방으로 돌
아갔다.

꿈을 꾸고 미래를 그리는 일은 새벽녘에 핀 첫 꽃처럼 아

름다웠다. 해인은 거울에 비친 자신의 눈빛을 오래 들여다보 았다. 두려움 없이 도전하고 실패를 두려워하지 않던 20대 가 떠올랐다. 중기와 친구들은 세상을 향해 얼마나 뜨거웠 던가. 하지만 해인은 그 시절로 돌아가고 싶지 않았다. 꽃처 럼 아름답게 피어났던 청춘이었지만, 그 자리를 할퀴고 간 상처는 여전히 그녀를 몸서리치게 했다. 몸을 가볍게 떨던 순간, 째깍거리는 소리와 함께 괘종시계의 두 바늘이 그녀에 게 물었다.

"너도 나처럼 제자리에서 뱅뱅 돌고 있을 뿐이냐? 지금 너 의 마음은 어디에 열정을 쏟고 있느냐?"

그 질문 앞에 해인은 말없이 숨을 삼켰다. 가슴 어딘가에 서 작은 물결이 퍼져나갔다.

흘러가는 것은 물만이 아니다

　해인은 방으로 들어와 침대 밑에 밀어 넣어둔 상자를 조심스럽게 끌어냈다. 상자 안에는 지난날의 흔적들이 오래 굳어 버린 호박 속 곤충처럼 잠들어 있었다. 뚜껑을 여는 순간, 묵은 손때 냄새와 바랜 종이 특유의 내음이 함께 피어올랐다. 조금 눅눅하고 서늘한 세월의 냄새였다.

　해인은 바닥에 가부좌를 틀고 앉아 손때 묻는 공책을 집어 들었다. 표지를 열자, 오래전 시간이 서서히 현상액 속에서 떠오르는 필름처럼 맺혀 왔다. 복숭아처럼 볼이 발갛던 학창 시절, 틈틈이 새겨 넣었던 시와 글 그리고 모든 것이 파도처럼 부서졌던 그날의 기록, 그 뒤를 이은 고통의 시간이 빛바랜 잉크의 흔적으로 남아 있었다.

　페이지를 넘기다 사진 한 장이 툭 떨어졌다. 교정의 홍매화 아래에서 친구들과 찍은 사진이었다. 사진 속 해인은 웃고 있었다. 진짜 웃음이었다. 사진 뒷면에는 풋풋한 그 시절의 필체로 쓰인 문장이 남아 있었다.

'나는 교과서에 시가 실리는 시인이 될 거야.'

그리고 그 아래, 날짜가 적혀 있었다. 그날로부터 정확히 두 달 뒤, 모든 것이 돌이킬 수 없이 바뀌었다.

그날,

세상이 한 번 뒤집혔고

나는 다시, 같은 하늘을 볼 수 없었다.

해인은 숨을 고르며, 공책 위에 남겨진 글자들을 눈으로 어루만졌다. 손끝으로 종이를 천천히 쓸자, 바스락 소리가 가볍게 일었다. 그 속에는 새벽이슬을 머금은 씨앗처럼, 언젠가 눈부시게 피어나기를 바랐던 꿈이 고스란히 담겨 있었다. 그러나 그보다 몇 배는 더 많은 문장이 손에 잡힐 듯한 별빛이 산산이 부서지던 순간의 고통을 토로하고 있었다.

그날 이후 작은 글씨로 빼곡히 채워진 페이지들, 때로는 종이가 눈물에 젖어 물결치듯 울퉁불퉁해진 흔적도 있었다.

해인은 그 글을 바라보며 다른 사람의 일기를 들여다보는 낯
섦을 느꼈다. 그곳에 남겨진 꿈과 통증이 예전처럼 살을 에
는 듯한 날카로움으로 다가오지 않았다. 오래된 사진처럼 흐
릿한 윤곽에 색이 바래고, 모서리가 닳아 있었다. 시간이라
는 신비는 예리했던 아픔의 날카로운 끝을 인내심 있게 갈
아 내어, 첨예했던 통증을 결국 무뎌지게 했다.

한때의 그 고통도
끝내
강물에 오래 쓸려
둥글게 닳아 간다.

해인은 잠시 공책을 가슴에 안았다가, 다시 상자 속에 차
곡차곡 눕혔다. 상자를 덮고, 천천히 침대 밑으로 밀어 넣었
다. 손끝이 미세하게 떨렸지만 곧 손을 떼었다. 다시 꺼내어
열어 볼 것 같지 않았다. 유리병에 담긴 마지막 편지를 바다
에 띄우듯, 그 상자는 시간의 물결 속으로 영원히 떠나갈 것
이다.

해인은 조심스럽게 일어나 마당으로 나섰다. 마당은 늦은 오후 햇살을 받아 고요했다. 능소화 넝쿨이 담장 위로 흘러내려와 바람에 느슨히 몸을 맡기고 있었다. 잠시 숨을 고르고, 대문을 열었다. 골목에는 아직 이른 봄 햇살이 부드럽게 번지고 있었다. 해인은 문득 자신이 아무도 기다리지 않는다는 사실을 깨달았다. 그것은 쓸쓸함이 아니라 가벼움이었다. 텅 비워 낸 마음으로, 해인은 스스로를 향한 발걸음을 조심스레 내디뎠다.

발밑에 묻은 시간들이
조용히 흩어진다.

손끝에 머물던 이름들도
바람에 실려 간다.

나는 이제
나를 향해 걷는다.

서두르지 않고
머뭇거리지도 않고.

마주 앉은 시간,
어루만진 상처

●

잿빛 속의 불꽃

차가운 겨울의 공기가 쨍하게 코끝을 때렸다. 늦은 오후의 나른함이 해인의 눈꺼풀을 무겁게 덮었다. 그녀는 몸을 길게 뻗으며 기지개를 켠 뒤, 찻장에서 민트 잎을 꺼내 차를 우려냈다. 갓 우려낸 차는 해인이 중기가 들어앉은 뒷방으로 향하는 가느다란 다리였다. 해인은 오래전부터 이 집을 오가며, 중기의 침묵을 지켜보았다. 침묵의 벽을 무너뜨리려 들지도, 소리 내어 두드리지도 않았다. 다만 중기가 집에 있을 때마다 조용히 차를 내려 가져다주며, 단단한 벽 너머 어딘가에 바람이 스미는 작은 틈이 나기를 기다렸다.

문을 열자, 나무 타는 냄새와 훈훈한 공기가 얼굴을 스쳤다. 중기는 난로 앞에 쪼그려 앉아 있었다. 들어서는 해인에게 눈길을 잠시 주고는 삽으로 희끗한 재를 살짝 걷어 냈다. 불씨 몇 점이 아직도 붉게 살아 있었다. 그 위에 작은 장작

하나를 조심스레 올렸다. 불씨가 깜빡이며 다시 작은 불꽃을 일으켰다. 불씨 위에 올린 장작이 파르르 숨을 쉬듯 흔들리자, 중기는 잠시 그 불꽃을 바라보다 조용히 일어섰다. 몸에 밴 습관처럼 천천히 책상 앞으로 걸음을 옮겼다. 책상 위에는 수십 장의 사진이 펼쳐져 있었다. 중기의 손끝이 사진을 쓸 듯 가만히 스쳤다. 마치 오래되어 찢어지기 쉬운 종이를 매만지듯 한 장, 한 장 사진을 배열하고 있었다.

해인이 작고 둥근 테이블에 찻잔을 소리 없이 내려놓고, 보온병을 열어 차를 천천히 따랐다. 민트 향을 품은 따스한 수증기가 나선을 그리며 퍼졌다. 향기는 불씨 곁에 천천히 내려앉았다. 해인은 중기의 책상 앞으로 다가가, 사진 위로 시선을 내렸다. 해인의 목소리가 방 안의 정적 위로 가볍게 내려앉았다.

"시간은 계절의 흐름으로 자기 존재를 드러내는데, 사진은 그 계절을 우리 앞에 현재로 붙잡아 둔다."

해인은 바람결에 실린 듯 작게 말했다. 말을 마친 뒤 의자를 끌어당겨 중기 맞은편에 앉았다.

"사진은 다 골랐어?"

해인의 물음에 중기는 잠시 사진을 바라보다 고개를 들었다.

"그냥… 내 마음을 울리는 것들만 골랐어. 적당히 주제로 나누어, 글을 조금 곁들이려 해."

그의 손끝이 사진 위를 맴돌았다. 마치 시간의 표면을 어루만지는 듯했다.

"사진에 붙일 글은 다 썼어?"

해인이 다시 물었다. 중기는 가볍게 고개를 저었다.

"그곳에 있을 땐 자연이 풀어놓는 이야기가 귓가를 가득 채우는데, 돌아서면 바람결에 흩어져 버리곤 해."

중기는 의자에 깊숙이 몸을 묻고 양손으로 찻잔을 감쌌다.

"어디 도망가지 않아. 다시 가서 귀 기울이면 되지 뭐."

아무렇지 않은 듯 던진 해인의 말에 중기는 아주 희미한 미소를 지어 보였다.

"참 많이도 다녔던 곳들이네. 난 예전엔 저 장작불처럼 활활 타오르고 싶었는데…. 지금 보니 푸석푸석 회색 재가 되어 버린 것 같아."

해인이 시선을 난로의 불꽃으로 향하며 말했다. 중기가 해인의 얼굴을 보며 힘주어 말했다.

"그렇지 않아. 지금도 너는 생명 있는 불꽃이야."

중기의 말이 끝나자, 난로 안에서 작은 불꽃 하나가 파닥거리며 몸을 세웠다. 모든 게 스러진 자리에도, 꺼지지 않은 불씨가 있었다. 불씨처럼 깜빡이는 그들의 눈빛은, 말없이 서로를 토닥였다.

<잿더미 속 불씨>

한 줌 재 속에서
작은 불꽃이 깜빡인다.

다 타 버린 줄 알았던 마음이
흔들리며
아직 살아 있노라 속삭인다.

바람이 스치고,
빛이 멈춘 자리에도

너는 여전히,

작은 불씨로 남아 있다.

초록과 퇴비

차를 마시는 동안 해인의 손은 가만히 있지 못했다. 버석거리는 소리를 내며 서로를 비비고, 무릎 위에서 오므렸다 펴기를 반복했다. 신경통이 손가락을 파고들어 숨은 가시처럼 쑤셔 댔다. 그 모습을 지켜보던 중기는 마음이 아렸다. 그 무심했던 시간 동안, 해인은 도대체 얼마나 혼자 아팠던 걸까. 중기는 찻잔을 조심스레 내려놓고 해인의 손등 위에 자기 손을 얹었다. 해인의 손은 차가웠다. 평생 자기를 위해 움직여 온, 이제는 마디마디 굳어진 손이었다.

"그렇게 힘들게 자신과 싸우지 말고 내려놓아. 하숙 접는 걸 생각해 봐. 아무리 아줌마가 도와줘도 몸이 너무 축나잖아. 나는 아무 도움도 되지 못하고…."

중기의 목소리는 낮고 따뜻했다. 미안해하는 중기의 마음을 달래 주려는 미소가 해인의 얼굴에 잠시 머물렀다. 그러나 금세 미소를 걷고, 진지한 얼굴로 말했다.

"내가 좋아서 하는 거야. 학생들이 우리 집을 드나드는 게 좋아. 오고 가는 걸 지켜보고, 밥을 짓고, 원하면 이야기도 들어 주는 이 일상이 좋아."

해인은 잠시 말을 멈추고, 고개를 살짝 떨구었다. 창밖에서 바람이 스치며 나뭇잎을 흔들었다.

"힘에 부치면⋯ 그때 그만둘게. 다만⋯."

"다만?"

중기가 찻잔을 들려다 말고 해인에게 시선을 던졌다. 해인은 손을 한 번 꼭 쥐었다가 펴며 말했다.

"익숙한 이 일상에 주저앉아 있는 기분이야. 그것은 곧 늙어 가는 느낌이었어. 사람에 대한 사랑을 상실했다고 생각했는데, 내가 상실한 것은 설렘으로 뛰던 발걸음이었어."

해인의 말은 가볍지 않았다. 중기는 잠시 침묵하며 해인의 말 속에 드리운 그늘을 헤아렸다.

"넌 하숙생 한 명, 한 명에게 진심이잖아. 그들이 열어 가는 세상에 너의 진심이 한 줌의 퇴비가 되었을 거야. 어두운 지하실에서 너와 만났던 청소년들에게도, 교단에서 만났던 어린 학생들에게도 너와의 인연은 성장의 한 줌 퇴비가 되었을 거야."

중기는 해인의 마음을 감싸안고 싶었다. 그의 말은 이미 그렇게 하고 있었다.

"다른 생명의 성장을 돕는 퇴비라…. 톱밥이나 왕겨, 마른 낙엽처럼 보잘것없는 내가 그렇게 될 수 있다면, 기꺼이."

해인이 고개를 숙여 시선을 손안의 찻잔에 머문 채 말했다. 차의 표면에 희미하게 비친 자신의 얼굴을 가만히 들여다보며, 어딘가 결심이 선 목소리로 다시 말했다.

"유기물 풍성한 퇴비로 삭아질 수 있다면, 한때의 초록이 지나가 버린들 어떻겠어."

해인의 말에 중기는 가볍게 고개를 끄덕였다. 해인은 눈을 가늘게 좁히며 다시 말했다.

"그런데 내가 초록이던 시절이 있었나 싶어. 한순간도 잊은 적 없는 얼굴들이 있는데, 정작 그때의 내 모습은 안개 속 나무처럼 흐릿해."

중기는 가슴 깊은 곳에서부터 숨을 모아 길게 내쉬며, 한탄이 묻어나는 목소리로 말했다.

"나야말로 초록도 아니고 거름도 못 되는 어리석기 짝이 없는 위인이지."

중기의 말을 듣는 순간, 해인은 벌떡 일어나 외치고 싶었다.

'우리는 그렇게 하찮지 않아. 살아 있다는 것, 그 자체로 이미 충분한 의미야.'

중기는 두 손으로 머리를 감싸 쥐더니 떨리는 목소리로 말했다.

"기억 속에서조차 조각나고 부서진 얼굴, 손을 뻗어도 닿지 않는 공허한 그림자가 여전히 밤마다 찾아와."

중기의 말은 해인을 아프게 찔렀다. 그는 다시 깊게 가라앉은 목소리로 말했다.

"악한 자들은 남의 삶에 독을 뿌려 버리지. 다 망가뜨려 놓고는 아무렇지 않게 가 버려. 상처는 아물 새도 없이 계속 덧나고…. 떠나간 친구들에겐 오지 않는 내일을, 난 매일 이렇게 맞이하고 있어. 그게 너무 미안해서… 미안해서, 숨이 자꾸 답답해져."

해인은 무슨 말이든 덧붙이고 싶었지만, 입술만 달싹여질 뿐, 아무 말도 나오지 않았다. 방 안에는 난로에서 피어오르는 작은 불꽃 소리만이 고요히 맴돌았다.

〈남겨진 자의 시〉

떠나보낼 틈도 없이
사라진 사람

남은 건
손끝도 닿지 않는
부서진 얼굴.

나는 오늘도
그림자만 끌어안고 산다.

그들이 보지 못한 계절이
자꾸만 지나간다.

생명의 약속

해인은 중기를 바라보며 또박또박 말했다. 그녀의 목소리는 안개 걷힌 새벽처럼 맑고 조용했다.

"자연이 풀어 주는 이야기에 더 귀 기울여 봐. 그 이야기를 우리에게도 들려줘야 하잖아. 세상에 단 하나뿐인, 너만의 특별한 이야기일 테니까. 지금은 흐릿해 보여도, 그것은 네가 살아 있었기에 세상에 남길 수 있는 흔적이야."

해인의 시선이 책상 위로 떨어졌다. 거기에는 중기의 삶이 담긴 종이와 사진들이 흩어져 있었다. 해인의 말에 중기는 팔을 뻗어, 책상 모서리에 놓인 손때 묻은 수첩을 집어 들었다. 수첩의 귀퉁이는 오랜 시간의 무게에 눌려 오그라들어 있었다. 그는 수첩을 휘리릭 넘기며 말했다.

"내가 끄적인 글을 들춰 보았더니 회한, 속죄, 고통, 후회, 가시 등의 단어가 자주 등장하더라. 그와 동시에 살아 있음의 아름다움, 생명, 곁에서, 함께, 더불어 같은 표현도 많아. 서로 모순되는 두 묶음의 단어 사이에서 아직도 방황하고 있는 거지. 발밑에 독이 있는 것을 알면서 여전히 걸음을 옮기지 못하고 있어."

중기의 고백은 말간 유리창 너머로 들여다본 그의 내면 같았다. 쉽게 풀리지 않는 혼란을 덤덤히 꺼내 놓는 모습에 해인은 잠시 숨을 고르며 그를 바라보았다.

"넌 매일 걸음을 옮기고 있어."

해인의 목소리는 작은 불씨처럼 조용히 번져 중기에게 닿았다.

"걸음을 막아서는 상처를 가마니로 덮어 두지 않았는지 잘 들여다봐. 덮어 놓기만 하면 그 밑에 벌레도 꼬이고, 썩기 쉬운 법이야."

해인은 상체를 바로 세우며 덧붙였다.

"확 걷어 내 상한 곳을 햇볕에 드러내야지. 네 안에서 나오는 것을 다 드러내 봐. 글로든, 사진으로든. 언젠가, 달려가고 있는 너를 발견하게 될지 몰라."

해인의 말은 오랫동안 닫혀 있던 창문을 활짝 열어젖히는 바람처럼 방 안을 스쳤다. 잠시 후, 중기가 낮게 말했다.

"내 인연으로 함께하느라 고생했어."

그의 말에 해인은 잠시 침묵했다. 손끝으로 조심스레 눈가를 훔치고는, 차분하지만 흔들림 없는 목소리로 답했다.

"너의 길에 함께해서… 다행이었어."

중기는 무언가에 이끌리듯 다시 책상으로 몸을 돌렸다. 스탠드 불빛 아래, 그가 펼쳐 둔 사진들과 수첩이 부드럽게 빛났다.

해인은 찻잔을 조심스레 거두어 들고 방을 나왔다. 차가운 겨울 공기가 뺨에 스쳤다. 해인은 허공을 향해 입김을 불었다. 입김은 짧게 퍼지다 이내 사라졌다. 그 순간, 눈송이하나가 차 쟁반 위에 사뿐히 내려앉았다. 작은 물방울이 되어 천천히 녹아내렸다. 해인은 고개를 들어 하늘을 바라보았다. 차가운 공기 너머, 흐릿한 별빛이 아득히 반짝였다. 눈송이들은 세상을 조용히 감쌌고, 마른 나뭇가지들은 미세하게 떨리며 겨울밤을 지켰다. 그 떨리는 가지마다 봄에 솟아날 생명의 약속이 깃들어 있었다. 해인은 알았다. 모든 겨울은, 언젠가 봄을 데려온다는 것을.

<가지 끝에 숨은 약속>

겨울 가지 위에
보이지 않는 숨결이 매달려 있다.

바람에 흔들려도
부러지지 않는 이유.

언젠가
햇살 부서지는 아침에

연둣빛 잎 하나
틔어 날 것을
나는 안다.

에필로그

학교에서 돌아온 딸 서우가 가정환경조사서를 내밀었다. 해인은 창가로 부드럽게 스며든 오후의 빛 아래 식탁에 앉아 서류를 펼쳤다. 빈칸을 하나하나 메워 가던 중, '아버지 직업' 란 앞에서 손이 멈췄다. 해인은 창밖을 바라보았다. 입가에 옅은 미소가 번졌다. 해인은 펜을 들어 또박또박 적었다. '작가'.

창문 너머 마당에서는 두 번째 전시회를 마친 중기가 흙 묻은 손으로 화단을 손질하고 있었다. 한때 그의 내면처럼 황폐했던 마당은 이제 소설 속 『비밀의 정원』을 닮아 가고 있었다. 주인공인 소녀 메리 레녹스가 버려진 정원에 생명을 불어넣었듯, 중기의 손길 아래 작은 뜰은 제법 정원의 모양새를 갖췄다.

이른 봄의 수선화가 바람에 흔들리고, 햇살을 담뿍 머금은 작약의 꽃망울은 터지려 하고 있었다. 해인은 서류를 내려놓으며 거울 속 자신과 마주했다. 흰머리가 매정하게 불어나고 있었다. 창밖에서는 중기가 흙을 만지다 말고 품에서 수첩을 꺼내 무언가를 적고 있었다. 아마도 다음 작품집을 위한 문장들일 테다. 상처가 그의 손끝을 통해 천천히 꽃으로 피어나고 있었다.

빛이 고요히 마당을 감쌌다. 모든 생명은 제 몫의 시간을 살아가고 있었다. 그 누구도 때 이른 이별을 맞이하지 않기를, 모든 생명이 자신의 시간을 채우고 평온히 떠나가기를. 해인은 창밖을 바라보며 조용히 속삭였다.

세상의 모든 생명은, 그저 다 늙어 조용히 죽어 가기를.

작가의 말

무너진 곳에서 다시 피어나기까지는,
얼마나 오랜 시간이 필요할까요.
상처를 안고 견뎌 내는 하루하루는,
또 얼마나 깊은 고독일까요.

바람에 젖은 잎새, 이별하듯 흩어진 꽃잎,
눈발에 잠긴 강둑
자연은 말없이, 아픈 마음의 먼지를 털어 내듯 다가와,
천천히 안아 줍니다.

사람 또한 그렇습니다.
누군가는 고요히 곁에 앉아 눈을 맞춰 주고,

외로운 마음에 봄볕처럼 스며들어
끝내 말하지 못한 슬픔을, 그 온기로 덮어 줍니다.

그러니 이제
미안해하지 말자.
우리는 각자의 방식으로
충분히 애썼고, 아름다웠다.

최선혜